Superoligarken

Av

Rune Hammargren

© Rune Hammargren 2017
Förlag: BoD – Books on Demand, Stockholm, Sverige
Tryck: BoD – Books on Demand, Norderstedt, Tyskland
ISBN: 978-91-7699-566-2

Kapitel 1

Oligarki

Oligarki är ett politiskt begrepp som syftar på fåmannavälde, ett fåtal personer styr genom att ha tillgång till kapital eller ärvd titel.

Informellt kan termen oligarki syfta på en begränsad grupp med stor makt, ofta i ett politiskt system med, eller utan formella demokratiska inslag. Det nya Ryssland och Ukraina (efter Sovjetunionens fall) är särskilt förknippat med oligarki, där ett antal mäktiga ägare av företag och finansmän är kända som "oligarkerna".

I motsats till aristokrater härskar ofta oligarkerna i skymundan. Oligarki kan, när den har starka inslag av kriminalitet, ibland kallas maffiavälde.

Oligarker styr ibland i formellt demokratiska system där dominerande politiker utgör en liten elit som återskapar sitt parlamentariska inflytande genom att kontrollera ekonomiska nyckelresurser och omfattande personliga nätverk.

Ofta används nya demokratiska stater som exempel på detta, men det finns även exempel på oligarki-tendenser i etablerade demokratiska politiska system. I vissa fall kallas även en parlamentarisk demokrati för oligarki, då man genom folkval bestämt vilka fåtal individer som skall fatta beslut åt allmänheten i en enskild sluten grupp.

Källfakta:

Wikipedia

$$\sim 4 \sim$$

Kapitel 2

Superoligarken Alexander Gasponi

Berättelsen handlar i första hand om mina föräldrar, kanske än mer om min pappa, Oligarken Alexander Gasponi. Även kallad superoligarken, många kallade honom även gudfadern.

Pappas namn var nedärvt från flera generationer, han gifte sig med stadens vackraste kvinna, Olga Pusjkin. Något senare blev hon min älskade mamma, allt hände för ganska exakt tjugo år sedan. Det kändes som om jag vaknade upp ur en mardröm där min far representerade djävulen, insåg snart att allt var verklighet.

Jag hatade honom från ögonblicket då han tvingade mig att börja i en av stadens söndagsskolor vilket var i Moskvas största kyrka, den låg en bra bit från hemmet.

Givetvis skulle fötterna ta mig både dit och hem varje söndag, precis som mamma alltid fått gå, eller i bästa fall ta bussen för att uträtta sina ärenden. Själv åkte despoten i den flottaste av bilar, en Mercedes av senaste modell och givetvis med privatchaufför.

Sådan var han fadern, tillika superoligarken och i folkmun även kallad gudfadern. Han var älskad av få, hatad av många. Det var av ren dödsfruktan vännerna fanns vid hans sida, de kanske också höll honom vid liv, ingen vågade peta på mannen utan att fråga först. Han utövade makt via våld och korruption.

Jag älskar mamma lika mycket som jag hatar pappa, fadern är en känslomässigt avstängd typ som aldrig skänkt mig så mycket som en klapp på kinden, däremot hade han inget emot att ge mig svidande daskar där bak. Helst med en rem av läder.

Kunde se hans leende kopplat till en sadistisk njutning efter avslutat verk då han lät livremmen återta sin plats i byxornas höljor, jag var i tioårsåldern när sadisten tränade som hårdast på min kropp.

Älskade mor fick mer ta del av den psykiska misshandeln, givetvis kopplade min högst hatade far ihop den fysiska med den psykiska tortyren när han så önskade.

Alexander Despotin, ursäkta Gasponi, älskade verkligen att hata och han gjorde det med besked när han så ville. Mitt minne säger mig att detta inträffade ganska ofta.

Under min uppväxt var han mer frånvarande än närvarande, väl i hemmet var det ofta i sällskap med så kallade affärsbekanta, eller politiker som han hade i sitt våld, eventuellt försökte få.

I vuxen ålder har jag förstått att allt han gjorde, gjordes med någon form av beräkning, han skulle tjäna något på varje drag, eller människomöte.

Tjänade han inget på en ny bekantskap, avslutades denna omgående, "den ynkryggen har jag ingen nytta av", var ett av hans favorituttryck.

Vid mer än ett tillfälle kom polisen på hembesök, ställde några artiga frågor runt olika personers försvinnande. I hallen, något innan de uniformklädda männen skulle lämna vårt oerhört vackra hem överlämnade alltid oligarken ett kuvert av ansenlig tjocklek varvid männen tog i hand, bockade och bugade med ett leende på läpparna.

Uppsatta politiker var stamgäster vid familjens enorma och överdådiga middagsbord med tillhörande dryck. Bredvid varje tallrik låg alltid ett kuvert med en bunt sedlar vilka representerade ett betydande belopp för en normalavlönad politiker av rang.

Alexander Gasponi köpte allt och alla som han ville få ut något av, fadern uttalade mer än en gång hur vänner gett honom rådet att satsa på politiken, han skulle bli en politiker med makt på kort tid. Fadern uttryckte vid ett tillfälle, "varför ska jag lägga tid på att genomföra beslut när jag kan köpa dem"?

Vi hade naturligtvis en minst sagt representativ våning, den bestod av sju rum och tre större badrum. Kökets yta var däremot inte proportionerlig jämförelsevis med övriga utrymmen, gastronomins yta var egentligen ganska begränsad. Största badrummet låg naturligtvis intill faderns sovrum. Mina föräldrar delade inte rum, detta av naturliga skäl då en ung vacker, välformad kvinna som till vardags skötte sysslor som matlagning och städning hade sitt rum alldeles bredvid faderns. Gud nåde den som vågade sig in på hans revir utan att föranmäla detta, då åkte livremmen fram oavsett vem av oss som kom i vägen.

Vi hade lärt oss läxan sedan länge och gick aldrig till den delen av våningen överhuvudtaget, vid flera tillfällen pratade jag med mamma om vad som hände i vårt hem.

"Vi får inte lägga oss i pappas verksamhet", så löd en tuktad kvinnas svar, inget skulle någonsin bli annorlunda så länge fadern trampade samma mark som min älskade mamma och mig.

Moskvas vinter höll äntligen på att släppa sitt järngrepp, en strimma av hopp om en snart annalkande vår låg i luften, uteliggarna hade med all säkerhet minskat i antal. Kände verkligen med fattigfolket, på något sätt var jag lierad med dem, visste inte varför.

Kapitel 3

Licenser

Oljefältens kartor täckte mer, eller mindre arbetsrummets väggar. Nålar i olika kulörer med trådar spända emellan sig kors och tvärs, bara en visste vad som egentligen var vad, superoligarken Alexander Gasponi, ingen annan. Nu vet jag att kartan visade allt från uppköpta oljefält, till några som ska övertas.

Frågade fadern vid ett tillfälle om vi var rika, eller om vi lånat pengar till vår fina våning, vårt underbara hem, jag tyckte faktiskt så redan som tioåring. Hemmet var helt fantastiskt materiellt sett. Fadern svarade utan att titta på mig, "ställ frågan om fem år när du kan värdera svaret". Jag glömde aldrig vad min pappa något snäsigt och kort hade svarat, orden skulle för alltid finnas i mitt minne.

Om fem år kommer jag att ställa samma fråga, samma månad, samma dag och vid samma klockslag, allt finns nedtecknat i min dagbok som ändå inte är daglig, mer som en minnesbok över min uppväxt. Där beskrivs ljusa minnen, mörka lika så. Sekunden senare nöp jag mig själv i armen. Ljusa minnen, den sidan gapar fortfarande tom, bortsett från ögonblicken som min älskade mamma fått tillåtelse att skänka mig, eller rent av tagit sig friheten att ge mig.

Frågade mor vid ett annat tillfälle varför hon valde att stanna kvar hos faderskapet, frågan ställdes utifrån faktumet att kärleken inte längre fanns emellan dem. Så såg jag på förhållandet utifrån en betraktares horisont.

Svaret var minst sagt talande, "jag älskar dig min son och livet som sådant alldeles för mycket för att jag skulle fatta beslut om att lämna din far".

Med andra ord, hon var rädd för att fadern skulle låta henne försvinna, att konstaplarna åter skulle komma på besök för att få en bunt sedlar.

Oljefälten som var markerade som delägda ena dagen kunde vara ägda nästa. Ingen utöver superoligarken, berörd minister, eventuellt också presidentskapet visste vad som föregått affären. Jag förstår så här efteråt att miljarderna rullade, likaså mutorna för att få önskat beslut fattat i rätt riktning. Tillbaka till tiden då jag fyllde femton och på nytt skulle få rätten att ställa frågan om vi var rika, eller inte.

Min femtonde årsdag närmade sig, endast tre veckor återstod till ögonblicket då frågan skulle få ställas på nytt, gud vad jag längtade. Brydde mig inte speciellt om födelsedagen även om den innebar gåvor som få ungdomar skulle komma i närheten av. På det området fattades inget, högtidsdagar firades stort.

Mobiltelefon av senaste modell, ett antal spel av ekonomisk karaktär, framförallt det senaste inom IT. Datorerna jag ägde skulle förmodligen klara av att skicka människor till månen, också att ta dem hem på ett säkert sätt.

Dagarna räknades ned till ögonblicket då jag åter skulle få ställa frågan, nu var den äntligen här. Vi satt för en gångs skull samlade runt matsalens stora bord.

– Pappa, för exakt fem år sedan ställde jag en fråga till dig, frågan var om vi var rika, eller om vi levde på lånade medel. Du svarade att jag skulle ställa frågan om fem år då jag skulle kunna värdera svaret. Nu ställer jag på nytt frågan, hur förhåller det sig?

Såg hur han överraskades av frågan, naturligtvis hade den fallit i glömska sedan länge, troligtvis också förväntat sig att frågan även för min del skulle glömts bort.

– Vi är rika för ögonblicket, enormt rika till och med. Imorgon är en annan dag, då kan vi leva på ruinens brant, så ser vårt liv ut min son.

– Vill du förklara mer ingående, eller ska jag vänta fem år till?

Nu höjde älskade mor rösten, givetvis av rädsla för att fadern skulle tappa besinningen.

– Petrov, så svarar du inte din far. Jag vill att samtalen som förs inom familjen ska föras i en hövlig ton vilket gäller även dig älskade son.

– Förlåt mig.

Fadern fortsatte utan att kommentera min ursäkt vidare.

– Idag producerar oljefälten mycket olja, priserna på världsmarknaden är fortfarande höga, imorgon kan den ekonomiska planeringshorisonten se helt annorlunda ut. Inom en snar framtid ska du få ta del av all den information och kunskap som jag har, men en liten bit i sänder. Så har jag tänkt.

– Tack pappa, svaret kom oväntat.

– Så kommer det att bli.

Fredag eftermiddag, mamma och Alena delade på sysslorna i köket inför kvällens mottagning, på inbjudningslistan fanns den mest inflytelserika politikerna i den stora staden Moskva, därutöver ett antal tjänstemän med högre befattningar. Blicken fastnade vid ett långdraget märke över mammas axel vilket inte var menat att synas, faderns livrem hade lämnat tydliga spår efter sig. Kan bara ana hur hennes rygg ser ut. Bestämde mig för att ta del av allt som skulle avhandlas under kvällen, visste inte hur det skulle gå till bara.

Tittade mig omkring i den stora salen, blicken fastnade vid ett av de mindre fönstren mitt i rummet. Gläntade på fönstret, la fönsterhaken mellan karm och fönster, nu skulle jag kunna stå utanför och höra hela konversationen utan problem.

Kvällen infann sig, familjen stod uppradad för att hälsa den politiska överheten välkommen till vårt vackra hem. De var fyra till antalet, fruar och någon bordsdam gjorde att de var dubbelt så många.

Den politiska överheten personifierad hade valt att ta sin politiska sekreterare till bordet, jag förstår varför. Skönheten var minst sagt talande ur flera perspektiv.

Affärshemligheter skulle givetvis inte yppas i min närvaro, därför var det lika bra att dra sig undan så tidigt som möjligt. En bit in på middagen reste jag mig helt sonika upp, bad att få ordet.

– Kära pappa, högt älskade gäster, om ni vill
ha vänligheten att ursäkta mig vore jag
djupt tacksam, mina studier kräver att jag
ägnar kvällen åt dem. Hoppas verkligen att
ni förstår min situation.

Mannen som representerade politikens
högsta skikt tar till orda sekunden före
faderns försök till kommentar.

– Son av vårt älskade fädernesland
Ryssland, så stolta vi är över er ungdomar
som är landets framtid, som utbildar sig, allt
för att föra landets gränser västerut.
Givetvis ska du återgå till dina studier, eller
hur Alexander?

Frågan bollades snabbt över till fadern, i det
uppkomna läget skulle aldrig mannen kunna
svara emot, nu var han en helt annan
person, rent ut sagt en feg jävel.

– Bästa vänner, givetvis har ni rätt,
ungdomarna ska ta landet Ryssland till
nästa nivå, då krävs studier och åter studier.
Gå du älskade son och förkovra dig.

– Tack far.

Reste mig upp, bugade inför överheten och vände dem därefter ryggen. Tog med mig en liten flaska av landets nationaldryck på vägen ut, istället för att gå bort till mitt rum sneddade jag över kökets golv, Alena har för ögonblicket fullt upp med serveringen. Hon ser inte åt mitt håll. Längst bort i kökets inre finns en dörr ut till altanen, smög ut och mötte den ljumma försommarkvällen. Sköt försiktigt igen dörren bakom mig, fortsatte i hukad ställning bort till fönstret som jag gläntat på tidigare. Satte mig på huk med ryggen mot den putsade fasaden, kunde känna den knottriga ytan mot min rygg, riktigt skönt. Nästan som hos massösen då hon trycker den knottriga delen av plast fram och tillbaka över ryggens insmorda yta. Kroppen genomsyrades av lätta rysningar för ett ögonblick, strax hade de ebbat ut, ändå lämnat en känsla av välbehag efter sig.

Började söka efter ord och sammanhang, ord som skulle röja vad som eventuellt kommer att avhandlas under kvällen av viktiga individer i politisk ställning, ord som under stund färdas genom rummet. Givetvis också från min så kallade pappa.

Kunde inte föreställa mig något annat än att det under kvällen skulle fattas beslut om ett antal hemskheter av olika slag, så såg familjens vardag ut, faderskapet insåg det aldrig. Att min far skulle uppleva något som hemskt föresvävade mig aldrig.

– Nå Alexander, vad har du för tankar gällande oljefälten västerut?

– Två frågor intresserar mig, kommer jag att få licenser från staten att utvinna dessa och kan det vara så att nuvarande ägare inte får licenser för vidare utvinning herr Mativev? Om svaren på mina frågor är positiva så kommer jag att gå vidare, rentav försöka övertala nuvarande ägare om att sälja till mig.

– Vi kan kräva ett högre belopp avseende egen investering redan från början, här faller de flesta av lycksökarna. Hur mycket kan du investera totalt sett?

– Med egna medel kan jag investera tre miljarder, har jag förstått saken rätt herr Mativev så handlar affären kanske inte enbart om belopp, utan om hur stort kontaktnät investeraren förfogar över även om man inte talar om det i själva inlagan.

– Visst, detta är en parameter, icke obetydlig sådan skulle jag säga. Jag är välinformerad om hur allt förhåller sig i ditt fall.

– Kan ni herr Mativev, se något orosmoln på vår ryska himmel som skulle göra affärerna icke genomförbara för min del?

Tystnaden spred sig över rummet, kände riktigt hur värmen steg uppför faderns kinder, vilket kort ska han spela ut nu?

Superoligarken sitter med fyra ess i leken.
Nej, en ärlig kortlek innehåller fyra ess,
pappas innehåller betydligt fler. Så många
som tillfället kräver skulle jag säga.

– Kan ni Alexander, i så fall vad har ni för
resurser att tillintetgöra dem?

Här kom svaret som jag förväntade mig.

– De som krävs herr Mativev, kan ni tänka
er att precisera behovet om jag får uttrycka
mig så?

– Vilket värde har oljekällorna i amerikanska
dollar, då tänker jag på nettointäkten över
den tid som blir aktuell?

– Ungefär tjugofem miljarder dollar per
källa.

– Hmm.

Reser på mig, kikar in bakom gardinen som
finns närmast mig, anar den korrupta
politikern Mativevs ansikte i profil, en
kubansk cigarr med gördel i guld sticker ut
mellan mannens feta läppar.

Mobilen som har ett gigantiskt minne gör sedan en god stund sitt jobb, nu får den nästa uppdrag, att filma samtliga i rummet samtidigt som allt som sägs spelas in.

Mativev intar en minst sagt avslappnad, för att inte säga överlägsen attityd. Han funderar i ögonblicket över vilken summa han ska avkräva gudfadern på, fadern tar upp servetten, torkar ett antal droppar från sin panna. Noterar också att damerna har fått lämna rummet, nu finns enbart männen i den stora salen som var möblerad i rokokostil, då pratar jag inte om kopior. Äkta vara rakt igenom, inhandlade på auktioner runtom i världen till mins sagt hisnande summor. Övriga satt helt tysta, förmodligen på grund av att de har en betydligt lägre position än Mativev, gissar att de är statliga tjänstemän, men ändå så pass betydelsefulla i tillståndsprocessen att de fick vara med i stunden. Kände inte igen någon av dem sedan tidigare.

Mativev askade nonchalant på den guldpläterade tallriken, sög in en ny dos av den kubanska tobaksplantan, formade munnen, lyckades få till en rökring.

Hostade till, lyckas lägga en del av cigarrens glöd på mors fina duk som inhandlats från ett av landets finaste väverier, konstverket var av finaste linne, mamma älskade verkligen den duken. Överheten tar vinglaset i sin hand, tömmer innehållet över glöden som redan gått över till en mindre låga. En strimma av ljust grå rök, formad som ett paragraftecken letade sig upp från bordets täcke, lämnande ett bevis på att konstverket aldrig någonsin mer skulle placeras över bordets vackra yta.

— Två miljarder till mig, mina vänner här vid bordet delar på ytterligare en, summorna ska placeras med högsta säkerhetsklass på Caymanöarna, övriga uppgifter kommer senare. Det är vad du har att ta ställning till Alexander, inget annat, vi behandlar din licensansökan snarast efter att medlen landat på våra konton.

– Förstår.

– Du kan få någon dag på dig att fundera över vårt erbjudande, inte längre. Härefter går möjligheten att införskaffa högproducerande oljekällor över till någon annan intressent, det finns flera som du säkert förstår.

Faderskapet svettades, han sträckte sig efter bordsgrannens servett, torkade på nytt svetten ur pannan, den här gången även nedför kinder och hals. Det här var mer än fadern hade tänkt sig, summan i sig var nog inte problemet, att allt skulle betalas i förtid var förmodligen något som inte fanns med i beräkningarna.

Återigen höll gudfadern masken, utöver svettningarna visade han inte att några av de uttalade kraven från de korrupta politikerna, eller tjänstemännen skulle bli omöjliga att uppfylla.

– Herr Mativev, mina övriga högt uppskattade vänner, givetvis ska jag ersätta er för ert viktiga uppdrag vilket i flera fall ligger utanför själva tjänsteuppdraget, kan vi enas om att summan som nämns kan deklareras som konsultarvode?

Herr Mativev tittar specifikt på mannen som sitter närmast honom, toppolitikern förväntar sig ett snabbt svar.

– Vad säger ni Golovin, det här är ert område?

Mannen harklar sig lätt efter att ha suttit tyst under en god stund.

– Jag kan för ögonblicket inte se några problem med upplägget herr Mativev.

Mativev blir fly förbannad, reser sig upp och kastar den nyss brunna cigarren i mannens ansikte.

– För helvete karl! Kan du inte för en gångs skull leverera ett färdigt svar, ett svar där frågeställaren förstår vad du säger. Nu svarar du med ett ja, eller ett nej! Har du förstått karljävel?

Mannen visar med hela sin kroppsställning att han är kuvad och Mativevs undersåte.

– Herr Mativev, summan kan deklareras som konsultarvode, herr Gasponi kommer att få allt på papper innan han betalar till oss, förlåt till Caymanöarna.

– Bra svar Golovin, jävligt tydligt. Fortsätt så min vän.

– Tack herr Mativev.

– Mina herrar, mina vänner då skålar vi för affären, att allt som kan kopplas till den går i lås utifrån vårt samtal här ikväll. Absolut sekretess råder om allt som har avhandlats här och nu, är vi överens? Alla som instämmer höjer sina glas och skålar för de nya oljeriggarna som kommer att ingå i mitt huvudbolag Gaspon.

Samtliga höjde glasen mot superoligarken Alexander Gasponi och skålade, ett antal miljarder skulle snart byta ägare och beslutet var fattat på bråkdelen av en minut.

Nu började faderns huvudbry, att på kort tid försöka få ihop den gigantiska summan om tre miljarder i utländsk valuta, i amerikanska dollar, inte rubel.

Allt som sagts har spelats in från min position utanför fönstret, några sekvenser var även filmade där samtliga ansikten fanns med. Jag var oerhört nöjd med kvällen.

Kapitel 4

Superoligarkens son

Superoligarkens son, det är jag Petrov Gasponi. Hatade mitt efternamn, verkligen hatade av anledningar som var direkt kopplade till min far och hans verksamheter. Alltsedan barnsben har jag önskat en uppväxt i en så normal familj som möjligt, insåg tidigt att vår stack ut från normen. Modern har stått för delen som kan klassas som normal, fadern raka motsatsen. Mors och mina blickar har delat uppfattningar vid mer än ett tillfälle, för att inte säga väldigt många, då vi tillsammans känt hur sjukt något beslut varit som fattats av gudfadern.

Inte sällan har det handlat om bestraffningar där min bakre del fått sig en rejäl omgång, mors sargade kropp har jag endast vid några enstaka tillfällen fått möjligheten att se, vid ett av dessa svors en helig ed. Därför berättar jag om den.

Händelsen utspelade sig för många år sedan, egentligen över en middag där veckans slit skulle avslutas i familjens innersta gemenskap. Mor råkade säga att grannen köpt en ny fin bil och att den enbart användes för att skjutsa sonen till skolan, dessvärre var sonen klasskamrat med mig. Fadern reste sig upp, greppade tag om den till brädden fulla vinkaraffen med rött vin, slog den med full kraft i moderns huvud. Därefter lämnade mannen helt kallt rummet, eller salen. Med mobilens hjälp ringde jag omgående sjukvårdens akutnummer, i väntan på ambulans såg jag till att mamma fick på sig torra och rena kläder, därefter följdes vi åt till sjukhuset. Väntrummets stolar var för ögonblicket upptagna, min blick fångade upp en ung kvinna med dotter, flickan var nog i tioårsåldern och såg absolut inte pigg ut. Mamman vänder sig mot den förmodade dottern och säger något, den sjuka flickan tittar mot mig något blygt, reser på sig och ställer sig bredvid sin mamma.

Modern tar min blick, pekar mot stolen. Möter hennes gest med en nickning och med handens hjälp menar jag att flickan ska ha platsen. Kvinnan nickar och ler, sjuklingen sätter sig på nytt.

Fick i första skedet snällt invänta överläkarens uttalande om skadeläget vilket tog drygt timmen, den kvinnliga läkaren sa att mamma fått en så kraftig hjärnskakning att de valt att hålla henne nedsövd. Två dagar senare kom mamma till sans igen och jag hade funnits vid hennes sida hela tiden. Veckan senare lämnade vi sjukhuset tillsammans, pengar hade förts över från mitt konto för att betala sjukhusräkningen. Superoligarken hade inte besökt sjukhuset någon gång under hustruns vistelse där. Mamma och jag hade mitt i eländet fått tid tillsammans, egen tid där vi kunde analysera, penetrera vår familjs innersta mörker, där oligarken stod för den mörka sidan, moderskapet för den ljusa.

Hon hade berättat att jag föddes som ett av två älskade och efterlängtade barn, jag hade haft en tvillingbror som dog i mammas mage, hans namn skulle ha varit Egor. Min far mördade honom medan jag låg alldeles bredvid i mors mage, därutöver höll han även på att mörda modern, vår mamma.

Kunde på intet sätt säga att jag blev förvånad över moderns berättelse, sådan var han fadern, superoligarken, eller gudfadern. Kärt barn har som bekant många namn. Samtliga stämde in på min far och min älskade mors make. Fy fan för den mannen! Egentligen hade inget förändrats under tiden fram till mötet med faderskapets vänner, absolut inget.

Några dagar efter det att samtalet spelats in skulle mor och jag inta kvällens middag tillsammans, husan Alena hade fått ledigt. Gissar att mamma mer, eller mindre beordrat henne ledigheten eftersom oligarken inte var närvarande. Som vanligt ska tilläggas.

Vi skulle unna oss en god pizza eftersom kvällen tillät oss att få välja, jag hade varit nere vid köpcentrats butik och hämtat beställningen. Enkelheten i måltiden gjorde att vi njöt extra, även salladen smakade helt underbart, doften av de nybakade bröden låg över rummet långt efter måltidens avslut. Timmen senare var vårt alldagliga samtal avslutat.

– Mamma, jag vill att du tar del av något.

Hon sa inget utan lutade sig sakta tillbaka i stolen, satte mig själv i stolen bredvid, började spela upp ljudinspelningen av männens konversation. Minspelet sa mig att hon blev berörd, förskräckt, möjligtvis något därutöver. Uppspelningen hade pågått några minuter när kvinnan markerar att hon vill säga något.

– Petrov, du menar inte att du vågade utsätta dig för detta, den enorma risken att bli ertappad, förstår du fullt ut vad din far är kapabel till min son?

– Jag är beredd att ta konsekvenserna av mitt handlande om allt skulle gå så långt. Vill du höra resten, eller ska vi avsluta här?

Modern satt tyst under något ögonblick, nickade några gånger, mer för sig själv. Hon tittar upp, våra blickar möts, väntade på hennes svar ytterligare en stund.

– Fortsätt Petrov, men vi måste sätta oss någon annanstans där vi har full kontroll över ytterdörren, vågar inte tänka tanken över vad som skulle hända om din far skulle komma på oss.

– Vi sätter oss i de stora skinnfåtöljerna i rummet innanför hallen, där har vi full uppsikt. Jag tänder en brasa så förklarar det varför vi sitter där om han skulle komma.

– Bra tänkt min son.

Snart hördes ett sprakande ljud från brasan, elden hade absolut inte tänts för värmens skull, enbart för vår personliga säkerhet.

– Kan du ta allt från början Petrov?

Knappa halvtimmen senare hade modern tagit del av samtalet och bildsekvenserna, bestämde mig för att inte yppa ett ord förrän kvinnan brutit tystnaden. Visade henne med hela mitt kroppsspråk att jag satt bekvämt i den svagt röda skinnfåtöljen och var beredd att vänta ytterligare en stund på hennes svar. Mobilen låg vilande i min högra hand, rörde inte en min som skulle kunna kännas stressande för min älskade mor. Tanken var att vänta. Hur lång tid vi satt tysta vet jag inte, en god stund ändå. Till slut bröt modern tystnaden.

– Vet du vad min son, du håller döden i din hand. Skulle din far komma på dig, eller oss med inspelningen så vore vi borta från Rysslands jord inom några timmar, ingen skulle någonsin få veta vad som egentligen hänt. Hur tänker du själv runt inspelningen?

~ 35 ~

– Älskade mor, något riktigt jävligt är på
gång. Den här affären, eller uppgörelsen
med de korrupta makthavarna är nog det
grövsta som superoligarken varit inblandad i
när det gäller affärstransaktioner och
mutor. Förstår du vilka summor de här
oljefälten kommer att generera, men också
nivån på mutorna? Jag vill att du och jag
ingår en helig pakt, om du inte är med
kastar jag mobilen i elden, då får ingen
någonsin veta hur korrupt vårt politiska
system är och kopplat till oljeindustrin mer
specifikt.

Den av mig högt älskade kvinnan gjorde
ungefär som jag gjort stunden tidigare,
lutade sig något demonstrativt tillbaka mot
ett halvmetertjockt ryggstöd, visade inte
med en min vad hon tänkte. Sökte mina
ögon för en granskande kontakt, hennes
blick gick något senare ned mot mobilen,
därefter in mot elden som nu mer övergått
till en kraftig glödhög.

– På ett villkor Petrov, accepterar du inte så får elektroniken gärna kyssa den rödgula glöden, eller rättare sagt, den måste göra så. Är vi överens?

– Utan att veta villkoret så accepterar jag ditt krav.

– Jag tar över ansvaret för mobilen, det finns en säker plats i våningen som inte ens din far vet om, där ska den förvaras tills vidare. Du köper en ny, meddelar din far att du blivit bestulen på den gamla och att du därför ska lämna ett nytt mobilnummer till honom.

– Okey, då gör vi så.

– Nu vill jag gärna att du serverar mig ett glas av finvinet som din far, min man lagt på kylning. Under tiden kan du fundera över hur förslaget om en pakt ska presenteras för mig.

– Vågar vi verkligen?

– Beslutet är mitt, du har gett mig både energi och styrka älskade son vilket är första gången på snart tjugo år.

Känslan av upprymdhet tog plats i mitt inre, glädjen över att mamma kunde lyfta näsan över havets yta och verkligen kunna känna någon form av glädje stärkte även mig. Gudfadern skulle aldrig mer få bära hand på vare sig mor, eller mig. Nu ryker oligarkens finvin och jag ska vara behjälplig. Korken lämnade flaskans hals med sitt karaktäristiska ljud, öppnade skåpet där glasen av finaste kristall stod uppradade.

Vid den bortre raden fanns en mindre skylt av blänkande gul metall, den berättade att gåvogivaren var en shejk från Saudiarabien vars namn jag inte kan uttala. Tog med mig två av dessa.

– Du är minst lika vågad som jag, tar din fars allra finaste kristallglas, tur att han inte ser oss nu. Låt mig få ta del av dina tankar.

– Jag tror inte det dröjer förrän far bjuder in mig till sitt heliga näste där han för övrigt är ganska ensam skulle jag tro, han kommer helt enkelt att bli tvungen.

– Varför?

– Där han befinner sig nu finns egentligen ingen som han kan lita på fullt ut, summorna inom bolaget är alldeles för stora för att släppa in helt okända personer. Han måste även hitta någon som kan ta sig in i systemen, hitta olika typer av informationer, därefter lämna systemen utan att lämna något spår efter sig.

– Vet din far att du har kunskaperna?

– Nej, han vet givetvis att jag fick årskullens stipendium, han tror förmodligen också att kunskaperna rent allmänt var den direkta anledningen. Superoligarken saknade helt intresse för och insikt i min utbildning. Med andra ord, han vet inte hur djupa kunskaper jag har. Vid rätt tillfälle får han veta.

– Tyvärr måste jag hålla med dig Petrov på just den punkten, han saknade och saknar allt intresse utanför allt som handlar om honom själv, det brukar inte gå bra för den här typen av personligheter i slutet av sagan. Nå fortsätt.

– Du min mor vet att jag har gått på privatskola sedan sjuårsåldern, min utbildningstid avslutades med två år på militärhögskolans specialistutbildning inom data, elektronik och kommunikation. Här fanns den absoluta eliten inom området som utbildare, jag slog samtliga på fingrarna under andra utbildningsåret, var också den enda som kunde få samtliga datorer i ett större nätverk att kommunicera med varandra utan att användarna anade något. Det bästa av allt var att utbildningsledarna inte upptäckt vad som hänt, de hade ingen aning om att jag varit inne i deras datorer under proven, inte heller att jag lämnat över facit till skolans svagaste elev. Han skrev fullt.

– Har du själv använt dig av fusk för att få bästa betyget?

– Knepet genererar höga betyg, inte stora kunskaper, därmed är frågan besvarad.

– Hur gick det för den stackars pojken som skrev fullt på provet?

– Han fick skriva om provet, här levererade jag enbart svar som till femtio procent var rätt, lärarna förstod ändå inte vad som hänt med elevens plötsliga kunskapshöjning.

– Känner ändå inte att den fullständiga bilden har format sig i mitt huvud, vad har du mer att berätta?

– Far kommer att behöva hjälp inom tre områden, troligtvis har han redan anställt inom juridik och ekonomi. Tredje området är IT-elektronik och kommunikation, här kommer mina kunskaper in i bilden.

– Hur säker är du på att din far kommer att välja dig om han inte har kännedom om dina kunskaper fullt ut?

– Han vill förmodligen inte ha fler okända kort i leken än vad som behövs, det är min filosofi. Blir förvånad om de båda områdena känner till varandra idag, alltså vilka personer som jobbar med det ena, eller det andra, jag tror inte att de har träffats någon gång. Så tänker en psykopat, vattentäta skott.

– Du kan inte se någon annan person i din omgivning som skulle kunna vara aktuell för uppgiften?

– Faktiskt inte, skulle jag bli aktuell borde allt vara ännu lättare, jag menar att hålla de tre huvudområdena separerade från varandra även fortsättningsvis.

– Nu förstår jag. Du kommer att ta över din fars imperium en gång, är det så du tänker Petrov?

– Varken positionen, eller makten lockar mig, däremot finns en inre önskan om att tillintetgöra onda maktstrukturer. Jag kan se dem hos min far och hos mutkolvarna, det är den här typen av personligheter som förstör vårt land.

– Ett klokt svar, jag är oerhört stolt över dig min son. Något som lockar dig därutöver?

– En sak lockar mig utöver att förgöra gudfaderns maktstrukturer, att få leva ett liv inom Sveriges rikes gränser, att där kunna försörja mig på ett ärligt sätt. Det är min hemliga dröm, min önskan är att du delar den med mig vilket kommer att ta tid, målet är utstakat sedan länge. Vi ska ta oss dit tillsammans om du väljer att följa mig västerut. Du är värd ett bättre liv.

– Nu blev jag förvånad, också glad över att du har tankar och visioner om din framtid, att du även har tänkt på mig känns stort älskade son. Jag förstår allt som handlar om din far, men hur kom Sverige in i bilden?

– Jag har hört och läst mycket positivt om landet, även om människorna som lever där, tror också det finns stora likheter med vårt land vad gäller klimat och natur. Olikheterna känner vi till alltför väl, där är allt till Sveriges fördel.

– Du har verkligen gjort din hemläxa, blev du avbruten nu?

– Ingen fara, väl i Sverige skulle jag vilja bygga upp ett nytt liv inom lagens råmärken, både du och jag har fått nog av oligarkens tyranni. Där ryms bara hat och ondska utövat genom hot och våld. Vi får se vad som händer, inom en mycket snar framtid finns ett svar. En sak till, jag kommer aldrig någonsin att lämna dig i sticket, kom ihåg orden mor.

– Jag vet att du inte lämnar mig, inte för gott i alla fall, det du uttalar om din far kommer inte som någon överraskning.

– Tänkte väl det.

~ 44 ~

Kapitel 5

Barents hav

– Petrov!

Utropet mötte mig precis mellan sömn och vakenhet, eller var det så att kommandot tvingade mig från ena tillståndet, till det andra? Oavsett, sista utropet till planeten Mars var ett faktum, den vänliga rösten frågade inte om jag överhuvudtaget fanns i våningen, eller om jag var vaken. Den vänliga rösten tog heller inte hänsyn till om jag möjligtvis hade besök av någon kvinna vilket borde skickat en tanke om viss diskretion. Det hände i och för sig inte så ofta, ändå emellanåt. Superoligarken tog aldrig hänsyn, inte ens till sina egna, sina närmaste och kära, om vi överhuvudtaget var det. Han gick i gudens fotspår, vet inte riktigt vilken, men där hade enbart superoligarken, tillika gudfadern rätt att gå.

Funderade ett ögonblick. Finns du min gud, varför skänkte du mig i så fall en sådan far, var det för att han skulle sätta barn till världen vilka skulle bli så mycket kärleksfullare än han själv har varit, var det så du tänkte min gud? Tycker nog att svaret finns i själva frågan, om inte du min gud har för avsikt att komma med annat svar så nöjer jag mig.

– Petrov, sover du än?

Dörren till mitt sovrum öppnades inte på vanligt sätt, på civiliserat vis, ett visst mått av onödigt våld användes. Far stod sekunden senare vid sängens fotände, drog täcket från min nakna kropp. Ögonblicket senare blottades mitt väl tilltagna morgonstånd. Försökte komma över något på sida för att dölja min stolthet, letade efter täckets övre kant, beslutade mig för att resignera då jag inte fann den.

– Du kränker mig pappa.

– Packa kläder för en vecka, även varma. Vi ska till Barents hav du och jag.

Barents hav, vad i helvete ska jag göra där tillsammans med faderskapet, vad jag förstår ska det bli en längre resa med pappa. Kanske något positivt ändå, är den första delen av pakten på väg att infrias? I så fall ställer även jag mig i givakt inför faderskapet. Med tanke på det inspelade samtalet mellan fadern och mutkolvarna, därmed också insikten om de pågående affärerna ute bland oljeriggarna måste jag spela ovetande om mannens planer.

– Är det för mycket begärt att du förklarar vad resan handlar om, varför kunde du inte förvarnat mig?

– Jag berättar på vägen, Alena ordnar med frukosten, du duschar och packar. Om en timme sticker vi.

– Vill du vara snäll och lämna rummet?

– Vi träffas vid frukostbordet.

Något mer än halvtimmen senare mötte jag fadern och Alena i köket, de stod en bit från varandra, lagom långt för att ha hunnit släppa taget.

– Äter inte mamma med oss?

– Nej hon valde att äta senare, jag har sagt att vi blir borta några dagar.

– Hade för mig att du nämnde kläder för en vecka?

– Vi får se, inte lätt att planera en resa som kommit upp så snabbt, vi pratar vidare i bilen Petrov.

Under tiden frukosten intogs blev inte många ord sagda, stunden kändes pinsam. Faderskapet spelade en roll i kökets regioner tillsammans med husan Alena, menande att min intelligens inte skulle räcka till för att förstå vad de båda hade tillsammans, detta gjorde mig förbannad.

Alena hade serverat mig stekta ägg på tallrik av finaste porslin med fadern stående småflinande bredvid, han hade återigen idiotförklarat omgivningen och det var jag. Fan vad jag hatar honom.

– Jag går in till mor, så hinner ni ta adjö av varandra, kommer strax.

– Petrov!

Jag hade precis lämnat köket när faderns röst nådde mig, visste att jag skulle få fan för kommentaren något senare, vad han inte visste var att han skulle få svar på tal. Nu hade ögonblicket infunnit sig då min älskade mor och jag tillsammans ingått en pakt, vi kände oss båda stärkta genom beslutet. Mina kunskaper i faderskapets kunskapslucka på IT-området kan inte nog värderas av honom när väl insikten om dem kommer i dagen. De bör vägas på en våg av renaste guld. Mamma satt framför sovrummets lilla TV-apparat tittande på de senaste nyheterna från huvudkanalen.

– Men Petrov, så glad jag blir att du besöker mig före avresan, kom in och sätt dig.

– Mor, faderskapet har gjort upp en tidsplan som jag var helt ovetande om, tiden är knapp och min avsikt var bara att säga hej innan vi reser. Målet är Barents hav, om mina aningar stämmer så närmar vi oss paktens första steg, vi hörs så fort jag får möjlighet. Har du tagit hand om mobilen?

– Ja, glöm den tills vidare, vad vet du om anledningen till resan?

– Absolut ingenting, kram på dig, vi hörs snart.

Mercedesens chaufför stod redan på plats, dörren mot oss var redan öppnad och far klev in. Demonstrativt gick jag runt bilen och klev in från andra sidan utan att slaven behövt öppna för mig. Satte mig nära sidorutan, min avsikt var att komma så långt bort från honom som möjligt.

Oligarken lyfter på locket till sitt armstöd som nyss kommit fram ur bilens bakre ryggstöd, han trycker på en av många knappar samtidigt som ett svagt väsande ljud hörs, precis inom hörbarhetens spektra. En glasvägg kryper sakta upp ur bilens främre ryggstöd, inom några sekunder kommer den att separera oss i baksätet från mannen som är utsedd till chaufför. Funderade snabbt över om mannen egentligen hade en aning om att han körde omkring på döden, på liemannen som härskade över liv och död. Mannens personliga nätverk hade förgreningar över stora delar av vårt land. Få kände till hans egentliga makt.

– Nu kan vi prata, vad menade du med kommentaren, "så hinner ni ta adjö av varandra"? Ge mig ett svar Petrov.

– Far, tror du att jag har gått ut de högsta utbildningarna med de högsta betygen och samtidigt varit dum i huvudet, tror du så?

– Petr…

– Om du vill ha mig med i båten får du fan ta mig spela med öppna kort i fortsättningen, annars kan du räkna bort mig helt, jag ställer inte upp på att vara någon jävla marionettfigur åt dig. Har jag uttryckt mig klart och tydligt?

– Petrov, du har uttryckt dig klart och tydligt vilket jag respekterar. Du kommer att förstå allting bättre efter den här resan när du har tagit del av lekens alla kort, även en del av mina trumf. Är vi överens?

Pakten framför allt, tanken tog snabbt plats i mitt huvud.

– Visst far, bara så att jag vet.

– Nu vet vi båda.

– Vad vet du egentligen om mina kunskaper inom IT och elektronikområdet, innan du svarar vill jag även lägga till den nya vetenskapen, kommunikation och informationsflöde?

– Jag vet att du fick stipendium efter avslutade studier, också att du är en oerhört intelligent ung man, egentligen räcker den informationen för mig. Däremot har jag ingen aning om djupet på dina kunskaper Petrov, det ska erkännas.

– Trodde nog så, återstår enbart en sak att göra för att få svar på frågan om djupet i kunskaperna, testa mig.

– Du kommer att testas inom flera områden, även de som sträcker sig utanför din gedigna utbildning, var så säker.

– Välkommen.

Fadern tittade granskande på mig, precis som om han tänkte, "vad har han som jag inte vet"?

Några timmar senare hade vi checkat in på flyget till Murmansk, ytterligare en stund fanns till vårt förfogande innan boardingcarden skulle lämnas över.

– Ska vi inte ta oss något att dricka Petrov?

– Visst, en stabil Vodka skulle sitta fint.

– Fick ni inte lära er att dricka Whisky under studietiden?

– Alldeles för många lektioner i ämnet, därför föredras Vodka idag.

Visste inte att faderskapet kunde skratta, försökte påminna mig om när jag såg ett leende över hans läppar senast, fann inte svaret. Utsatt flygtid var två timmar och fyrtio minuter, när vi taxade ut kände jag att planet gjorde en kraftig inbromsning.

– Det är kaptenen som talar, vi får vänta ett ögonblick, en brådskande transport måste lämnas företräde, tack för att ni förstår.

Faderskapet som satt längst ut mot gången hade ingen inblick i själva händelsen. Han lutade sig något över mig för att kunna se ut via mitt lilla fönster, kände att kroppen ryckte till. Samtidigt kramade han mitt vänstra knä hårt.

– Petrov, det är president Putnips plan, han måste vara ute på en brådskande resa där inte ens luftrummets lagar och regler gäller.

– Är du säker?

– Ganska.

~ 55 ~

Kapitel 6

Vladim Putnip

Från Murmansk återstod några timmar med bil innan vi nådde helikopterplattan vid den sista utposten mot Barents hav. Lufttemperaturen dagtid under juni månad håller cirka femton grader plus medan den sjunker till hälften under natten, vattentemperaturen ligger någonstans omkring tre plusgrader. Vi skulle få en hotellnatt i Murmansk innan en helikopter skulle ta oss ut till oljefältet, fadern hade givetvis bokat in oss på det finaste av hotellen, därutöver i två separata rum. Tillbringade kvällen för mig själv funderande över vilken roll min person egentligen skulle spela utifrån faderns tänk. Sömnen mötte mig innan tankarna hunnit bearbetas till punkt.

Vi möttes givetvis under frukostens heliga timma, frukostbordet innehöll precis allt, om möjligt något därutöver. För en stund kändes situationen som om jag inte ville lämna den här världen, en värld av flärd och makt. Den unga och vackra frukostvärdinnan log med hela sitt osminkade och vackra ansikte mot superoligarken, anade något mörka skuggor under hennes ögon, fadern blinkade med ena ögat mot kvinnan som förmodligen var i min ålder, möjligtvis några år äldre. En svag rodnad fortplantade sig ned över hennes kinder, bestämde mig för att avbryta flirten som förmodligen startat redan under gårdagens kväll och fortsatt under stor del av natten.

– Anar att vi är på väg ut till något oljefällt, eller hur?

– Visst, du ska få besöka en av två riggar som nu är aktuella för uppköp av vårt bolag.

– Är oljeriggarna i produktion?

Allt handlar om Zatska två och tre, vi kommer att landa på Zatska två som ligger närmare land. Vår ankomst är känd och vi kommer att få en guidad tur över hela riggen, Zatska tre är i det närmaste identisk med tvåan. Räknar med att vi får ytterligare information om den riggen idag.

– Kan du berätta för mig hur något så gigantiskt finansieras innan första droppen olja lämnar riggen, även hur ansökningsprocessen för tillstånd och licenser går till.

Spelade riktig idiot här för att inte på något vis ge faderskapet inblick i vad mamma och jag redan kände till. Han satt tyst under lång stund, tog sig något om hakan vidare över kindens höga knotor, mer som om han strök ut droppar av marknadens dyraste rakvatten, eller Cologne.

– Petrov, vissa delar måste du känna till om du en gång ska bli arvtagare till mitt imperium, ditt inre kommer inte alltid att må bra efter tagna beslut, de har likväl varit nödvändiga att ta. En del är förutsägbara, andra inte.

– Vad menar du, pratar vi om pengar till investeringar, eller annat?

– Givetvis är summorna som omsätts inom bolagets alla delar enorma, ändå räcker inte alltid pengarna, som nu då två oljekällor med riggar ska lösas in. Då måste andra kapitalstarka intressenter komma in i bilden på ett, eller annat sätt. Beslutsfattare i tillståndsfrågor måste smörjas, ja betalas för att ett beslut ska gå i en viss riktning, så fungerar vårt land oavsett vad vi tycker.

– Mår verkligen vårt älskade land så dåligt?

– Ryssland är i många stycken ett korrupt land vilket gäller hela beslutskedjan. Vi ska inte tro att situationen förändras över en natt om den högst styrande, presidenten i vårt fall själv lever efter mottot att allt kan köpas. Nu får du många sanningar till dig på kort tid Petrov, trots allt måste du ta ställning. Du är son till superoligarken Alexander Gasponi, jag vet att smeknamnet är ett av flera.

Jag hade bestämda tankar angående korruptionen i vårt land, men avstod att svara på faderns reflektion. Pappa måste lämna över betydligt mer information till mig, släppa in mig fullt ut i hans väldigt speciella värld, en värld som min älskade mor och jag ska ta över, också förgöra.

– Hör vad du säger, informationen känns inte alls bra med min människosyn, inte heller med min syn och mina värderingar på världen i stort, jag kommer förmodligen ha väldigt svårt att acceptera allt som sagts, även om du har varit väldig tydlig.

– Så görs affärer i vårt land, ska du handla på en högre nivå krävs också stora summor pengar. Som tur är har vi medlen, även vänner som är kapitalstarka och som är beredda att gå in i vinstgivande projekt, men gud nåde den som inte kan svara upp mot vad som utlovats. Då är vännerna borta, i nästa ögonblick kan du vara det också. Kom ihåg de här orden min son, du kan inte lita på någon i den högre nivån av affärer. Alla är köpta, eller kommer att bli så. Det kan vara av din varmaste vän, eller din största fiende. Summan av erbjudna pengar avgör allt. Har du tagit till dig allt jag sagt Petrov?

Kände att frågetecknet slog mig hårt i ansiktet, betydligt hårdare än vad jag någonsin förväntat mig. Funderade ett ögonblick över hur gudfadern, tillika superoligarken kunnat hålla sig vid liv så länge som han ändå gjort vilket i sig måste ha varit ett konststycke. Kunde inte komma på något tillfälle då mörkrets makter försökt att ända hans liv, givetvis kan framtiden se helt annorlunda ut.

– Petrov, svara på min fråga! Har du uppfattat allt jag berättat för dig?

Vaknade abrupt upp ur mina djupa och delvis mörka tankar, öppnade ögonen som slutits under sessionen.

– Visst, ville bara memorera allt du sagt, mörkret mötte mig för en stund och allt kändes väldigt kallt på något vis. Har det aldrig funnits någon som har varit ute efter ditt liv, ställer frågan utifrån vad du nyss berättade för mig?

– Jo min son, vid ett par tillfällen, men jag har hunnit föregripa händelserna tack vare lojala vänner som funnits vid min sida under många år. Därutöver finns alltid två stabila vakter bakom mig oavsett vart och när jag reser, du har säkert noterat dem vid några tillfällen, sanningen är den att de alltid finns intill mig. För tillfället befinner de sig i den svarta bilen bakom oss.

– Måste erkänna att informationen är ny för mig, har aldrig noterat männen. Om det har funnits någon, eller några vid din sida har jag med all säkerhet tolkat dem som vänner, alternativt affärskompanjoner.

Bilen, eller bilarna med livvakterna i stod redan på hotellets uppfart, männen stod i givakt iklädda mörka kostymer och chaufförskepsar. När vi var framme vid bilen som skulle föra oss ut till den väntande helikoptern öppnades båda dörrarna på bilens högra sida, far valde den främre sittplatsen och därmed blev den bakre per automatik min.

Vår chaufför bockade och bugade utan att yppa ett ord. Fadern mötte hans blick under ett kort ögonblick, men släppte ögonkontakten lika fort medan chauffören tillika livvakten följde oligarken med blicken fram till ögonblicket då dörren stängts efter honom. När chauffören intagit sin plats hördes ett lätt klickande ljud vilket talade om att dörrarna var låsta, ingen skulle kunna ta sig in och förmodligen inte ut.

Tolkade situationen som att det nu fanns tre vakter vilka skulle säkra vår transport. Allt var uppgjort i förväg varför faderskapet inte skulle behöva yttra några ord på vägen fram till målet, fadern hade kort berättat att vi hade någon timmes färd med helikopter ut till själva oljeriggen. Kunde ana mannens parfym från det främre sätet, den lämnade snabbt utrymmet och delade generöst med sig till mig något längre bak. Doften talade om att den var inköpt på någon av varuhusens reor, far läste mina tankar och såg snabbt till att rutan fram till den väldoftande chauffören nådde taket. Bilens interna högtalarsystem lämnade ett diskret och kort knaster ifrån sig.

– Fy fan vad deodoranten luktar illa, tycker du inte Petrov?

– Starkt doftar den i vart fall, mannen tycker nog att han bär dofter som omgivningen förhoppningsvis ska tycka om, synd att inte alla delar hans smak på området.

Chauffören rycker till, sänkte näsan ned mot sin högra armhåla, stackaren trodde att vi menade doften av armsvett. Far och jag delade för en gångs skull ett gott skratt, inte ett elakt sådant, men ändå ett skratt. Situationen avslutades med att faderskapet bad mannen att byta till en något dyrare parfym, någon sort som man inte behövde ta så mycket av. Nu skrattade alla tre tillsammans. Precis när vi skulle lämna bilen gav pappa chauffören en sedel av betydande valör, allt utifrån hans minspel.

Inte en, utan två helikoptrar väntade på den stora plattan, skillnaden mellan de två luftburna farkosterna var storleken, men också att den mindre saknade röd matta fram till den välkomnande öppningen in till dess inre. Gissade att vi skulle resa i den stora, allt annat skulle förvåna mig då faderskapet med all sannolikhet skulle känna sig djupt kränkt av att behöva kliva in i något som inte var störst, bäst och vackrast.

Den mindre helikoptern var ingetdera, chauffören körde utan att något ord yppats från min far ut mot den röda mattan. Halvvägs fram till den vackert rödfärgade textilen rusar ett antal militärer ut framför vår limousin, automatvapnen var dragna för strid, ansiktsuttrycken meddelade att det inte var någon form av skämt, eller övning. Vår chaufför drabbades förmodligen av panik eftersom han mer, eller mindre ställde sin fyrtiofemma på bromspedalen.

Faderskapet som inte tagit på sig den typen av trams som bilbältet var, kastades fram mot den stora, hårda och skottsäkra framrutan. Ljudet talade om att Alexander fick ta emot en rejäl smäll. När bilen väl stannat låg kroppen i en konstig ställning mellan säte och golv, chauffören skriker ut sin förbannelse över de grönklädda männen utan att förstå vad som egentligen orsakade olyckan, eller varför männen överhuvudtaget fanns framför vår bil med dragna automatvapen.

Mannen som sitter bakom ratten i vår bil trycker försiktigt på knappen som kommenderar sidorutan att krypa nedåt.

– Ni färdas på förbjuden mark, vad är ert ärende?

Superoligarken kravlar sakta upp från bilens golv, försöker att få till ett svar som ska göra den grönklädda mannen nöjd.

– Vi har bokat en helikopter som ska ta oss ut till Zatska två, allting är bokat och klart.

– Det är inte den här helikoptern som ska ta er ut till Zatska två, utan den som väntar där borta, den mindre alltså.

Såg faderskapet titta över sin vänstra axel, hans blick mötte snart den mindre av de två helikoptrarna som stod på plattan.

– Den där, menar ni att vi ska färdas ut över öppet hav i den där lilla farkosten?

– Ni ska i vart fall inte resa med den här, detta är en mycket speciell helikopter, jag kommenderar er att omgående vända bilen.

– Vad menar ni med mycket speciell om jag får fråga?

– För sista gången, vänd bilen och kör härifrån annars öppnar jag eld, har ni förstått?

– Pappa, säg till chauffören att han lyder militären, mannen menar allvar, han kommer att skjuta oss om vi inte lämnar platsen. Förstår du inte vad han säger?

Min far är riktigt omtumlad efter smällen mot framrutan, han ser ut att fundera över mina ord för en stund. Gnuggar sina ögon, mer som om han gned sömnen ur ögonen, händerna strök sakta kinderna, till slut tog han till orda.

– Hör du inte vad militären säger, vill du att alla ska bli dödade?

– Herr Gasponi, jag kör direkt bort till den andra helikoptern.

– Du kör inte framåt då dödar han oss, backa för helvete annars dödar jag dig direkt.

– Jag backar.

– Håll käften och gör som du blir tillsagd människa.

– Förstår.

Den välklädda mannen som hade ansvaret över vårt fordon hann precis få i backen, männen som funnits i den andra bilen och som skulle svara för vår säkerhet stod på var sin sida om vår bil. De hade inte dragit sina vapen, men var i stunden fullt kommunicerande med de grönklädda männen. Hörde en av de våra säga, "förstår du inte att allt är ett misstag, vår chef oligarken Alexander Gasponi trodde att sällskapet skulle färdas i den större av de två helikoptrarna".

Soldaten som stod närmast vår bil vänder sig emot oss, tittar mot fadern.

– Herr Gasponi ni får ursäkta, det är fortfarande av största vikt att ni tar er till den andra helikoptern, ni får ursäkta. Den här är avsedd för betydligt större uppdrag än ni kan ana.

– Förstår. Backa för helvete!

Fars kommando hördes med all sannolikhet bort till den större av helikoptrarna. Kunde inte se några tecken på att en högre potentat var i antågande för ögonblicket, där en bit bort anar jag ett antal blåljus. Konvojen vilken består av fyra bilar håller hög fart ända fram till den väntande helikoptern, den första och de två sista hade fortfarande blåljusen på, medan bil nummer två verkar vara själva skyddsobjektet. En kostymklädd man kliver ur bilen på passagerarsidan och är snabbt på plats vid samma sidas bakre dörr, öppnar den och bugar lätt inför mannen som strax står vid sidan om bilen.

Mannen med skyddsbehovet knäpper kavajen, tecknar åt en av vakterna att han vill ha sin rock.

Bakluckan öppnas, något senare har mannen med skyddsbehovet både keps och ytterrock på sig. Han väljer att möta min blick när vår bil snabbt passerar förbi.

– För helvete pappa, det är president Putnip!

– Vad sa du Petrov?

– Såg du inte vem mannen var? Det var president Putnip.

– Putnip, vad i helvete gör han här?

Kunde tyvärr inte besvara frågan från faderskapet, snabbt infann sig en olustkänsla i min mage. Tog till mig frågan från mannen som bevisligen är min far. Vad i helvete gör presidenten här? Fann inte svaret den här gången heller.

Chauffören tillika säkerhetsvakten i vår bil parkerade tätt intill den mindre helikoptern och var precis lika snabbt ur bilen som presidentens vakt hade varit. Precis när pappa skulle sätta foten mot den svarta asfaltens yta kommer en man iklädd en mörkt grön uniform ut från helikopterns inre. Han kommer fram till oss.

– Ursäkta mina herrar, vi får vänta en stund tills den andra helikoptern kommer tillbaka, därefter blir det vår tur. Hoppas att ni förstår och accepterar olägenheten.

Alexander Gasponi tar inte ett nej för ett nej vilket han aldrig gjort. Spänt väntar jag in hans svar.

– Vad är problemet, rymmer inte luftrummet vår sketna lilla humla, nu blir jag förbannad, vem ligger bakom beslutet?

– Landets säkerhetstjänst min herre.

– Då var det president Putnip som gjorde anspråk på den större helikoptern, eller hur?

– Min herre, presidenten gjorde inte något anspråk eftersom den ägs av staten och står till presidentens förfogande dygnet om, året runt. I denna stund får inte luftrummet beträdas av någon annan än president Putnip, det är allt jag kan informera om. Jag ber er vänligen att vänta någon timme.

– Hmm.

Där fick han allt ge sig den mäktige mannen, tillika gudfadern av Moskva. Presidentskapet rådde han inte på i alla fall, i ögonblicket kändes allt oerhört skönt.

– Vad i helvete gör mannen här ute?

– Något säger mig att vi aldrig får veta, jag måste erkänna att allt vore intressantare om motsatsförhållandet gällde. Kan vi inte fördröja tiden med ett glas av ditt fina studentdricka?

– Studentdricka?

– Var det inte din bild av whiskyn, att spritsorten var vanlig under studietiden?

Faktiskt skrattade fadern medan nivån steg i mitt glas.

– Där fick du mig min son, skål på oss och skål för presidentskapet.

– Skål pappa.

Timmen senare hade Vladim Putnips helikopter åter tagit mark, vi satt väntande i helikopterns minimala utrymme där antalet resenärer är begränsat till tre. Jag, superoligarken och vår tidigare chaufför. Vanligtvis brukar passagerarna få ta del, även ha möjlighet att kommunicera med övriga resenärer, piloten inkluderad. Inte i nuläget, tystnaden i våra kåpor var total. Halvtimmen härefter anades oljeriggen i horisonten, den var gigantisk och kom snabbt närmare, höjden från havets yta upp till huvuddäcket måste vara minst fyrtio meter. Produktionsplattformen verkade redan producera olja. Piloten satte ljudlöst ned vår farkost som fadern beskrivit som en humla något tidigare, ljudet från rotorerna avtog snabbt i styrka.

Mannen sträckte sig något åt höger, en strömbrytare ändrade läge och vi fick alla ta del av hans röst.

– Mina herrar, ni tillåts lämna helikoptern. Något till höger står personen som kommer att lotsa er vidare. Instruktioner om tillbakaresan får ni på oljeriggen.

Mannen något till höger påminner starkt om någon som i ilfart öppnade presidentens bildörr, nu något mer påklädd då vinden var betydligt starkare, också kallare. Vi är trots allt ute på Barents hav.

Märkligt, en utrullad röd matta framför något som skulle kunna tolkas som ingången till riggens inre. Skorna hade precis nuddat plattformen när nästa kommando uttalades.

– Följ mig, då menar jag följ mig!

Pappas snarstuckna humör lät inte någon vänta på sig.

– Vad har ni för rätt att ge mig order överhuvudtaget? Jag är här för att kontrollera om oljeriggen uppfyller kriterierna för uppköp, tala om vilken roll ni har min herre.

– Min roll herr Gasponi är att föra er till ett sammanträdesrum där president Vladim Putnip väntar.

– Vladim Putnip, vad kan han vilja mig?

– Den frågan får ni ställa till presidenten, svaret finns inte hos mig.

– Vad händer Petrov?

– Du min far, om inte du vet, hur kan du då förvänta dig att någon i din omgivning ska veta?

Den omskakade oljemagnaten hade inte svaret på min fråga, lika lite som jag hade på hans.

Pappa tog av sig den gråmelerade trenchcoaten något innan vår guide tryckte in sin kod, elektroniken var placerad på vänster sida om dörren, den skickade genast en signal om att tillträde skulle beviljas. Hissdörren öppnade sig, vi klev in. Var det här verkligen en hiss på en oljerigg där män och kvinnor indränkta i olja färdades mellan de olika nivåerna? Knappast, hissen är absolut inte en transportväg för arbetarna, för slavarna under oligarkerna.

Här färdas oligarkerna, möjligtvis också de som för stunden betecknas som vänner, kanske i nästa stund anmälda som saknade ute på oljeriggen Zatska två. Hissens inre bjöd på en diskret doft av rikemannens parfym, vet inte hur jag ska beskriva den förutom att doften var utomjordisk i positiv bemärkelse. Såg siffran tre blinka till på panelen, rösten som talade om att vi nått önskat våningsplan var för mig minst sagt bekant.

Den var hämtad från en annan värld, den datoriserade. Utanför väntade två bastanta män, en på vardera sidan om hissen, de stod med korsade händer över det allra heligaste precis som om de väntade på att få en riktig ballspark. Hissdörren stängdes bakom oss, vår tidigare följeslagare hade slukats av hissens inre, nu tar biffarna över.

– Följ oss!

Tonen var inte diplomatisk, inte uttryckt som en ödmjuk inbjudan precis, mer som ett nytt kommando. Frågan hängde fortfarande i luften om varför vi blev lotsade.

Min tanke över besöket var att vi skulle bli guidade på en oljerigg som fadern hade tankar på att köpa upp, nu kändes situationen mer som att vi var på väg in till ett förhörsrum. Anar att superoligarkens tankar är desamma.

Känslan av att skorna höll på att sjunka ned i den vinröda heltäckningsmattan infann sig, tittade för säkerhets skull om vi fortfarande hade den under våra fötter, allt kändes overkligt.

– Stanna här!

En av de två michelingubbarna delade ut nästa kommando, den andra stod tyst något bakom oss. Den första som delat ut kommandot knackar försiktigt på en större dörr av mahognyliknande material, han väntar några sekunder. Viker upp kavajens krage något för att meddela mottagaren att vi var framme. Situationen kändes något pinsam, FSB-agenten var avslöjad. Sladden som lämnade kavajens krage i nacken förmedlade förmodligen ett meddelande i retur.

– Jag ber er lämna allt som finns i era fickor i korgen utanför dörren. Ni kommer att scannas innan tillträdet till nästa rum.

Våra fickor tömdes på mobiler, några sedlar och ett antal nycklar, vi bar inte mer på oss. Mannen kom fram med något som liknade en locktång, men som i själva verket var någon form av detektor.

– Var så goda mina herrar, president Vladim Putnip tar emot.

– Vad händer pappa?

– Snart får vi veta, i nuläget vet jag precis lika lite som du gör.

Dörren öppnades, eller ska vi säga dörrarna eftersom det var en pardörr. Där satt han vårt lands president, längst bort vid sammanträdesbordets kortsida, gissar att personen som vanligtvis blivit utsedd till mötets ordförande för dagen brukar inta den platsen. I dag var det vårt lands president, Vladim Putnip.

– Herr president, ert inbokade besök har anlänt, låt mig presentera Alexander och Petrov Gasponi.

Inbokade besök, såg att faderskapet sneglade försiktigt mot mig, vågade däremot inte möta hans blick. Presidenten hade en kostymklädd biff på vardera sidan om sig, något mer än halva steget bakom.

Kunde inte riktigt låta bli att leta efter den röda attachéväskan hos mannen som ägde vårt fosterland och de tyngsta av alla tunga beslut. Givetvis bar han koderna med sig till alla de kärnvapen som bara väntade på signalen för att få ge sig ut i vår hotade omvärld, väl där tillintetgöra hoten. Fann inte väskan, men väl den vassaste av mobiltelefoner mänskligheten skapat, givetvis fanns alla de koder som eventuellt skulle behövas i denna, fodralets färg var givetvis röd som blod. Tvingade mig tillbaka till det tankemässiga nuet, svara då för helvete, du som är den största av dem alla inom din bransch, tala. Superoligarken tog klokt nog till orda, annars hade jag gjort det.

– Herr president, vårt lands räddare, hur ska jag kunna bedyra er min aktning?

Presidentskapet satt tyst och oberörd, svaret kom aldrig, inte i den stund min far förväntat sig i vart fall. Själv tyckte jag att krypandet och krälandet för landsfadern äcklade mig, mannen var minst lika korrupt och gangsterlik som superoligarken själv.

– Herr Alexander Gasponi, jag accepterar att ni har sonen Petrov vid er sida under informationen, med information menar jag att det inte handlar om någon form av förhandling utan precis som ordet låter, jag kommer att informera er om ett antal juridiska delar gällande Zatska två och tre.

– Herr president...

– Nu talar jag, presidenten av Ryssland. Något att invända?

– Absolut inte herr president, absolut inte. Ursäkta mig för att jag gick händelserna i förväg herr president.

Presidentskapet satt tyst, lika tyst som stirrande, han var fly förbannad och det hade tagit pappa tio sekunder att få landets ledare till just det stadiet.

Fy fan så liten du är min far, du som härskat, misshandlat både hustru och barn. Hur illa jag än tycker om mannen med den blodfärgade mobilen så var mina känslor om möjligt än mindre för mitt genetiska original.

– Vad är ert ärende här ute?

– Jag har för avsikt att ta över…, jag har för avsikt att köpa upp Zatska två och tre herr president om ni inte har något att anföra. Jag äger sedan tidigare …

– Herr Gasponi, vad ni har för avsikter och vad ni äger sedan tidigare intresserar mig inte, vad är ert ärende här ute idag?

– Mitt ärende är att tillsammans med min son få en överblick över den fysiska statusen på anläggningen, det är vårt syfte med besöket herr president.

– Har ni fått någon signal om att Zatska två och tre skulle vara till försäljning, i så fall vill jag gärna veta varifrån informationen kom?

Tystnaden blev pinsam, därutöver avslöjande i en och samma stund. Fadern hade inget snabbt svar på frågan eftersom hans plan var att ta över oavsett om nuvarande ägare hade för avsikt att sälja, eller inte. Nu var pappa verkligen ute på hal is.

– Nej herr president jag har inte fått någon signal om detta, däremot var min avsikt att försöka förhandla mig fram till en affär med ägarna.

– Då kan ni säkert informera mig om vilken, eller vilka ägarna är herr Gasponi.

Åter kröp pinsamhetens tystnad över min kropp, hur i helvete kunde mannen vid min sida komma ut till oljefältet och vara så dåligt påläst, oavsett att han inte kunde veta att landets mäktigaste person timmarna senare skulle sitta mittemot honom.

Just nu förstår jag ingenting, kan i viss mån njuta av att Alexander Gasponi befinner sig i sitt livs mest pressade situation.

Undrade över hur många gånger han själv pressat sina motståndare fram till ögonblicket där han fått smaka på segerns sötma. Frågan skulle inte få något svar.

– Jag tolkar tystnaden som att ni inte har något svar på frågan, ni vet alltså inte vilken, eller vilka ägarna är?

– Jag känner till namnet på bolaget som driver oljeriggarna herr president, inte namnet, eller namnen bakom.

– Har ni förlitat er på någon annan person i den här affären herr Gasponi?

– Visst finns personer vid min sida som jag har bett om vissa tjänster för att affären ska kunna genomföras på bästa och smidigaste sätt herr president.

– Nu kanske det finns ett namn herr Gasponi, ni behöver enbart säga vem som bär högsta ansvaret, ska vi säga för att affären överhuvudtaget ska kunna genomföras. Förstår ni?

– Jag förstår herr president, namnet är Mativev, Jarkko Mativev.

– Jag vill att ni i korthet presenterar upplägget som ni har diskuterat, eller rent av kommit överens om.

Fjärdedelen av en timme senare hade faderskapet klart och tydligt presenterat samma information som jag har inspelat på min mobil, med ett stort undantag. Han berättade inget om tjänstemännens inblandning, att deras arbetsinsats värderats till en miljard av Mativev, möjligtvis för att hålla investeringskostnaden så låg som möjligt initialt.

– Enligt mina källor är inte redovisningen komplett herr Gasponi, ni har utlämnat vissa bitar, eller hur?

Återigen var tystnaden lika talande som kompakt, hade vissa förhoppningar om att den ryska despoten skulle avslöjas en gång för alla, att jag skulle få anmäla honom som saknad ute vid en av oljeriggarna i Barents hav. Tror inte att älskade mor skulle ha någon anledning att fälla så värst många tårar om min önskan skulle slå in.

– Menar ni herr president att jag även skulle ha talat om vilka tjänstemän av lägre rang som på något vis skulle vara behjälpliga i affären?

– Jag avser de som ni gjort någon typ av överenskommelse med, är jag tydlig nog herr Gasponi?

Stunden senare var även underhuggarna redovisade.

– Ni har gjort en överenskommelse om att tjänstemännen av lägre rang som ni föredrog att kalla dem, skulle dela på en miljard och att herr Mativev själv skulle erhålla två, inte sant?

– Herr president, precis så löd
överenskommelsen för att affären skulle gå
i lås.

– Herr Gasponi, affären kommer inte att
genomföras utan min tillåtelse, är jag tydlig
nog?

– Givetvis herr president, vad kan jag göra
för att allting ska ställas till rätta?

– Jag kommer personligen låna ut en och en
halv miljard till er, tjänstemännen delar på
en halv miljard och Mativev får en miljard.
Detta är summorna som jag accepterar, de
får information om vad som gäller inom
kort. Ni herr Gasponi ska betala tillbaka en
miljard därutöver, den totala summan om
två och en halv miljard ska återbetalas till
ett konto som ni kommer att informeras
om, betalningen ska vara slutförd inom ett
år. Ni tjänar en halv miljard på mitt upplägg.

– Fantastiskt herr president, min
tacksamhet vet inga gränser, får jag ställa
en fråga om de juridiska handlingarna, hur
tänker ni här?

– Vad pengarna beträffar existerar inga dokument mellan oss, ni borgar helt enkelt för dem själv, eller med er och er familjs liv. Juridiken och upplägget över oljefälten sköter ni som om jag inte varit närvarande, ni förstår säkert mina herrar. Har jag uttryckt mig tydligt och klart?

– Visst herr president. Jag, eller vi är ödmjukt tacksamma för allt.

President Putnip möter min blick ungefär samtidigt som jag funderade över om även jag skulle få läsa trosbekännelsen.

– President Putnip, ni har uttryckt er tydligt och klart. Tack för er generositet.

– Hur var ert namn unge man?

– Petrov, Petrov Gasponi herr president.

– Bra, då är vi alla överens. En sak till, er mors **morföräldrar** kom från Sverige, eller hur?

Landets president söker ögonkontakt med mig, vad sa han presidenten, skulle han veta mer om min mors härkomst än vad jag gör?

– Sverige?

– Vad jag förstår av er reaktion så kände ni inte till uppgifterna, din mors morföräldrar flydde från ett kommunisthatande Sverige för att fortsätta kampen från och för vårt fantastiska land. Petrov, er kamp tar dig och din mor till en alldeles speciell position i vårt land, de som kämpar, eller har kämpat för vår sak kommer aldrig att glömmas. Det finns ett sigillförsett dokument i din mors ägo, om inte kontaktar du mig. Alexander, det är inget som överhuvudtaget gagnar er, är jag tydlig?

– Visst herr president, jag har förstått. Handlingen gäller enbart Petrov och modern.

– Bra, då har vi alla förstått vad den här timmen har handlat om och innebär för vårt lands framtida ekonomiska expansion. Tack mina herrar.

– Tack herr president.

Ögonblicket senare satt vi ensamma i rummet, funderande över vad som egentligen hänt. Superoligarkens ögon mötte mina, jag vägde presidentens ord i maktens vågskål. Min fars vägde ganska lätt

.

Kapitel 7

Olga Pusjkin

Jag föddes med namnet Olga Pusjkin, året var 1970, föräldrarna bodde i en förort till Moskva, Sjatura. Förorten är en mindre stad med trettiotretusen invånare och räknas in under själva Moskvaadministrationen. Sjatura skulle bli min hemstad ända fram till Petrovs födelse 1995 då jag valde att flytta in till Moskvas mer centrala del tillsammans med Alexander.

Alexander och jag träffades på utbildningen för högre administratörer vid ett av Moskvas större universitet. Blixtförälskade är ordet som förklarar hur vårt känslomässiga tillstånd var, hur vi kände för varandra. Så skulle allt fortsätta under de första åren.

Alexander var urtypen för en framgångsrik ung man hos flickorna, också hur någon snabbt och tämligen enkelt kunde bygga upp ett stort kapital i rubel. Han hade förmågan att uppbringa, också att avyttra varor med Amerika som ursprungsland. Det var så han grundlade sin förmögenhet, också sitt enorma nätverk. Han var inte tjugo år fyllda när kontoutdraget visade ett överskott på en miljon rubel. Med rikedomen följde mindre positiva inslag, han tillbringade allt mindre tid med mig, därutöver förändrades personligheten mot en allt aggressivare ton, även i handling. Första gången han slog mig, egentligen skulle jag vilja säga misshandlade, var på Petrovs ettårsdag. Jag klandrade honom väldigt försiktigt för att han inte kommit i tid till sin förstföddas kalas, han slog mig i närvaron av både mina och sina egna föräldrar. Där började mitt än idag pågående helvete, samtidigt som föraktet för maken både som man och människa enbart tilltagit under åren.

Mina föräldrar föddes då Nikita Chrusjtjov var ledare, 1964 gick makten och ledarskapet över till Leonid Brezjnev som hela tiden sökt goda administratörer från mammas universitet. Mor berättade att hon var den första från årskullen som anställdes rakt in i partiets mest centrala organ där Leonid också blev en personlig vän. Pappa blev aldrig inbjuden till palatsets otaliga bjudningar, egentligen hade dessa aldrig haft med uppdraget att göra. Leonid hade vid ett antal tillfällen sett märken efter pappas fysiska uppskattning av mors kropp.

 Att ledaren längre fram i tiden bjudit in till sitt enorma palats för att göra mor observant på att han förstod vad som pågick var säkerligen något uppfriskande i stunden. Detta förvånade henne. "Att landets ledare överhuvudtaget brydde sig över min situation i hemmet med en allt större och växande despot i min närhet, det värmde". Så uttryckte sig mor en kväll när hon berättade om sitt livs resa för mig, jag känner igen mig alltför väl.

Det finns en uppenbar skillnad mellan min far och min man, far var lika fattig som elak fram till sin död, gud vad jag hatade honom och gör så än idag. Alexander är lika rik som elak, gissar att min älskade Petrov har ärvt hatkänslorna gentemot sin far från mig på något vis. Inget som glädjer en mor, tvärtom.

Leonid hade vid ett av tillfällena ställt frågan om han skulle låta någon lägga sig i det som pågick, på mammas inrådan hade frågan fått bero, tankarna hade hela tiden gått till mig som en älskad dotter. "Uslingens roll som far till min älskade dotter var vid tidpunkten betydligt viktigare än mina blåmärken", så hade mor uttryckt sig.

Leonid hade vid tillfället uttalat följande, "om du, eller någon i din familj någonsin behöver min, eller statens hjälp visar du upp följande dokument, eller rent av medaljen som jag strax kommer att fästa på ditt bröst.

Av anledning som du säkert förstår och som den kloka kvinna du är så inser du att det sigillförsedda brevet inte gäller maken, utmärkelsen gäller dig och dina eventuella barn oavsett vilken president som sitter vid makten".

Härefter hade presidenten överlämnat ett sigillförsett dokument, sigillet har aldrig brutits. Utöver handlingen hade också en medalj i blankaste silver överlämnats, medaljen var väl förpackad i etui av blå sammet. Mor berättade i samma andetag att Sovjetunionen inte var hennes egentliga fädernesland, hemlandet låg en bit västerut.

Som barn hade hon kommit till Sovjet då jakten på kommunister var som starkast i landet Sverige, hennes far hade varit aktiv i det kommunistiska partiets absoluta topp.

En sen lördagskväll hade han kommit hem halvt ihjälslagen efter ett politiskt möte i huvudstadens hamn, mormor hade haft svårt att känna igen anletsdragen, så sargad var han.

Det fanns inte ekonomiska medel för att tillkalla läkare, därför satt mormor hela natten tvättande makens blödande ansikte med något hopkok av örter. Han hade kvicknat till under sen timma, vänt sig mot mormor.

"Vi kan inte leva i helveteslandet Sverige, till och med mina arbetskamrater vänder den kommunistiska läran ryggen, vi är enbart en handfull, möjligtvis två som strider för ett kommunistiskt övertagande. Under morgondagen säljer vi de få tillhörigheterna vi har och beger oss österut via Finland".

"Älskade man, via Finland. Vart ska vi därefter?"

"Det finns bara ett land österut som det är möjligt att ta sig till med våra enkla medel, landet är Sovjetunionen, där kommer vi också att välkomnas utifrån vår politiska övertygelse. Under morgondagen kommer jag att kontakta Alek, han har i sin tur någon kontaktperson där borta vilken kommer att förse oss med nödvändiga handlingar."

Så hade samtalet förflutit enligt mor, tre dagar senare var de på flykt från Sverige och deras enkla hem i ett av Stockholms absolut armaste arbetarkvarter.

"Som jag älskade vårt hem bestående av ett stort kök, därutöver en större kammare med öppen spis. Kunde förnimma doften av svettfyllda kläder som hängde på tork över den vedeldade köksspisen, samtidigt lagade mor mat i öppna gjutjärnsgrytor något under. Dropparna från fars blöta arbetsbyxor talade direkt om när de nådde spisens svarta och heta yta".

Så beskrev mor sitt liv i arbetarbostaden, i Stockholms arbetarkvarter

Insåg omedelbart att mamma egentligen haft tillgång till ett nätverk med verklig makt, något som hon dessvärre aldrig dragit fördel av. Den sigillförsedda handlingen ligger fortfarande i obrutet skick i min mors gamla byrå intill min säng, nyckeln till byrån gömmer sig tillsammans med Petrovs mobil i ett för Alexander helt okänt utrymme.

Inser snabbt att jag tagit över dokumentets makt tillsammans med Petrov, ingen vet något om mitt trumfkort, än värre är att min älskade son inte känner till mitt egentliga ursprung. Tids nog får han veta.

Kapitel 8

Guidning på Zatska två

Dörren hade precis stängts efter presidenten och hans sällskap när den åter öppnades, in kommer en man iförd arbetskläder av senaste modell, jackan var kraftig och färgen fluorescerande grön. Byxorna mer diskreta i sin framtoning, allt tydde på att mannen var väl förberedd på att oljeriggen skulle få finfrämmande.

– Herrarna Gasponi.

Såg att min far blev något överrumplad när mannen tilltalade oss, tror nog att han mentalt satt kvar i mötet med landets president Vladim Putnip. Efter ytterligare några sekunder höjde han blicken från det rena golvet vilket påminde om ett gammaldags golv av ek.

– Ursäkta, visst är vi Gasponi.

— Bra, då är herrskapet välkomna att följa med mig, jag har fått uppdraget att guida er på Zatska två, längre ut till havs finns syskonriggen Zatska tre vilken inte producerar i dagsläget, men beräknas göra så inom kort.

Min far hittade äntligen tillbaka till nuet.

— Varför producerar inte trean och hur mycket producerar Zatska två idag utifrån riggens beräknade maxkapacitet?

— Zatska tre är klar för produktion, ett tillstånd har fördröjt starten flera månader. Zatska två producerar redan på den förväntade kapaciteten och har gjort så alltsedan starten för något halvår sedan.

— Imponerande.

Två timmar senare var vi tillbaka på ruta ett, i rummet fanns nu en lättare måltid uppdukad, servitören stod väntande vid rummets ena sida.

Över hans vänstra handled vilade ett svart tygstycke med Zatska två tryckt med något guldliknande material. Vid sidan om honom fanns ett mindre bord med olika sorters drycker, mannen ska troligtvis ansvara för serveringen av dem.

– Mina herrar, vad önskas att dricka?

Med en inviterande gest över dryckerna presenterade han allt som stod till buds. Timmar senare stod chauffören, tillika livvakten väntande vid helikopterns landningsplatta, han förde oss tillsammans med den övriga eskorten tillbaka till hotellet och väntande sängar.

Mobilens tydliga signal väckte mig efter en god natts sömn, duschen gjorde ett fantastiskt jobb, strax skulle faderskapet och jag mötas vid frukostbordet. Tillsammans med ett tjugotal andra gäster var jag tidigt till bords, pappa kom först en kvart senare när det var dags för mig att för andra gången fylla koppen med den magiska drycken.

– Nå vad tyckte du Petrov, vad fick du för intryck av Zatska två?

Noterade att pappa inte tilltalade mig med "god morgon min son, har sömnen varit till belåtenhet?". Nej pang på affärerna, här har vi inte tid för en massa känslomässiga frågor som vanligtvis ingår i ett socialt samspel mellan ett antal individer, sådan var han min far, skulle säga att han var känslomässigt avstängd på mer än ett plan.

Fadern har aldrig tyckt att fysisk beröring varit viktig, inte heller beröm av något slag, annan typ av slag har han verkligen gillat att dela med sig av, speciellt till mig och min älskade mor.

– God morgon själv pappa, jo tack sömnen har varit till full belåtenhet, hur har din natt varit?

Mannen, tillika min far satt helt tyst med två stirrande ögon, de sökte någon form av kontakt med mig, bortom mina egna på något vis.

Han förstod inte det sociala samspelet fullt ut så mycket är säkert, oavsett vad begränsningen berodde på. Allting har en förklaring vilket inte är detsamma som att handlingen ursäktas av förklaringen.

– Tack den har varit bra, vad tyckte du om Zatska två?

– Allt var en fantastisk upplevelse, att få se och uppleva denna enorma oljerigg mitt ute på ett stormande hav, plattformen kändes både som en arbetsplats och som ett mindre samhälle. Hur tänker du själv?

– Vad jag kunde se var allt i sin ordning, inget som hindrar mig från att gå vidare med mitt affärsupplägg. Till och med president Putnip förmedlade ett stort intresse för riggen.

För riggen, för Zatska två? Nej så uppfattade jag inte mannens ord, den ytterst korrumperade presidenten var enbart intresserad av en sak, att fylla sin redan stinna börs, inget annat.

Valde att inte förmedla tankarna om gårdagens upplevelse.

– Kommer du att tacka ja till erbjudandet från presidentskapet, egentligen handlade inte erbjudandet om ett lån, undertonen var ett regelrätt hot, hur tänker du?

– Jag kan inte tacka nej eftersom bolaget tjänar miljoner på upplägget, därutöver sitter vårt bolag inte i klorna på den där jävla mutkolven Mativev, bara det är värt stora summor utöver vad som sagts i den här affären.

– Kan vi inte koppla bort honom på något vis, behöver du honom och tjänstemännen egentligen, du har presidenten på din sida så här långt?

Nu fick faderskapet verkligen något att tänka på, tanken hade inte slagit honom tidigare, frågan är hur han kommer att hantera den. Hans blick möter min på det där mystiska sättet som jag inte kan förklara, otäck är den.

– Petrov, du är ett snille. Fan ta mig, du är ett riktigt supersnille, var kom den tanken ifrån älskade son?

"Älskade son", sa han verkligen så, kom verkligen orden från min fars mun? Kände att jag fick leta efter ord för att få igång konversationen igen.

– Så glad jag är att du kunde uttrycka orden pappa, om du bara visste.

– Vilka ord menar du Petrov?

Så var det, han visste inte att han uttalat de nyligen sagda orden som betydde så mycket för mig under några sekunder. Nu var pengarna åter i fokus, stora pengar. Kände att jag ville komma ur frågeställningen så snart som möjligt.

– Vad tänker du om mutkolvarna, hur ska
du hantera situationen?

Såg hur faderskapet funderade, tittade åter
förbi på något vis, mumlade något ohörbart.

– Vad sa du pappa?

– Jag måste fundera över din briljanta tanke
Petrov.

Kapitel 9

Jag Alexander Gasponi

Namnet Gasponi har funnits i släkten sedan tidigt sjuttonhundratal enligt släktträdet, med släktträdet menar jag den stora inramade tavlan där varje generation tagit plats på en gren, möjligtvis två. Tavlan i sig har funnits inom familjen alltsedan konstnären skapat verket i slutet av adertonhundratalet. Ansvaret för att ytterligare grenar skulle tillföras låg helt och hållet på mig, tavlan som på senare tid försetts med glas hade haft sin givna plats över den öppna spisen oavsett var familjen haft sin hemvist.

Både mor och far var sprungna ur familjer med kopplingar till handel och affärer, moderslinjen var förknippad med värme och omtänksamhet där medmänniskans situation hade satt prislappen på varan, eller för den delen, tjänsten.

Jag förstår att min personlighet helt fallit ut från faderns genetiska linje, han handlade och gjorde affärer där han kunde tjäna en slant. Om affären i sin tur genererade olycka för någon annan brydde han sig inte om, pengaflödet in i börsen var allt som räknades. Jag var enda barnet vilket betydde att när föräldrarna lämnade jordelivet fick jag vid nitton års ålder ta över hela verksamheten. Det betydde att jag fick ta över ett ganska välfyllt kassaskrin, därutöver något som far kallade, "Skuldebok".

Här fanns ett stort antal namn nedtecknade, datum när var och en lånat en specifik summa och vilken summa som skulle återbetalas viss tid senare. Allt signerat av min far och låntagaren. Boken visade att far inte orkat kräva in ett stort antal utlånade rubel på grund av sin vacklande hälsa under sista levnadsåret. Nu var det dags, varenda rubel ska ta mig fan drivas in. Med, eller utan våld.

Inga anteckningar om avtalade uppskov fanns nedskrivna på bokens sista sidor, där har det sedan tidigare funnits liknande avtal som strukits över allt eftersom skulderna justerats. Precis här började min resa. Finns det verkligen människor där ute som min far lånat ut pengar till och som hoppats på att allt skulle falla i glömska efter hans död? Uppenbarligen, inte så länge till däremot. Dagarna senare blev jag erbjuden att köpa en pistol av någon som trodde att han var en nära vän till mig, förklarade för honom att han gärna fick bli en vän med möjlighet att komma in i min privata krets av vänner, biljetten var vapnet. Med en lätt bugning lämnade han över pistolen och en ask ammunition. Dagen efter tog jag kontakt med mannen som hade den största skulden enligt boken, så hade jag bestämt mig för att jobba. Den jag sökte var husets vicevärd, han hade inte redovisat indrivna hyror för ett antal månader tillbaka vilket visade sig vara många.

Fastigheten tillhörde numera mig och innehöll tio lägenheter av varierande storlek och skick. Klockans signal tystnade, dörren öppnades sakta, en vacker kvinna smög försiktigt fram, det vill säga om hennes yttre inte förändrats av någon som förmodligen var hennes man. Bestämde mig för den korta vägen i konversationen.

– Jag söker herr Isim, kan jag komma in?

– Jag vet inte om han kan ta emot herrn, hur var namnet?

Samtidigt som jag försiktigt pressade mig in mellan dörren och dess karm presenterade jag mig.

– Mitt namn är Alexander Gasponi, er man har en skuld till min nu bortgångne far, var hittar jag maken?

– Ett ögonblick, följ mig herr Gasponi min man är inte riktigt representativ för dagen, givetvis ska ni få träffa honom om han står i skuld. Handlar det om mycket pengar herrn?

– Ja frun.

Kunde inte se några barn överhuvudtaget på min promenad genom husets bottenvåning.

– Barnen fru Isim, var är barnen?

– Vi fick aldrig några barn, tyvärr ska tilläggas.

Ljud som påminner om att någon ramlar letar sig ut från lägenhetens inre rum, en man försöker med dörrhandtagets hjälp resa på sig. Mannen var riktigt berusad, han kommer raglande mot mig samtidigt som högra handen letar efter något i byxans ena ficka, sekunden senare har en mindre fällkniv vecklats ut och dess udd pekar hotande mot mig.

– Vad vill du din satans slyngel, är du ute efter min hustru som alla andra satans horkarlar?

– Nej herrn, jag är enbart ute efter den summa pengar som ni är skyldig min nu bortgångne far, jag är ganska säker på att ni är medveten om skulden, eller hur?

– Skuld, vadå för jävla skuld?

– I boken finns nedtecknat att ni herr Isim har låtit bli att redovisa en summa av fyrtiotusen rubel avseende indrivna hyror, datum finns noterat bredvid er namnteckning. Hyran för bostaden som du och din familj lever i har heller inte betalats, eller hur?

Mannen gör ett försök, om än ett taffligt sådant att placera den nu utfällda kniven i mitt inre. Ett kort och snabbt steg åt sidan gör att mannen faller handlöst mot hallens stenbelagda golv, ett högljutt stön lämnar munnen vilket var makens sista andetag.

Herr Isim var död, han föll på eget grepp. Hustrun behövde inte tröstas på något vis, ändå mötte hon min famn i något som påminde om en kram, lät henne släppa greppet om mig före det att jag gjort detsamma om henne.

– Vore inte despoten död skulle jag sparka på honom, sparka honom in i nästa liv och det kan inte vara himlen. Vad händer med mig herr Gasponi, får jag flytta ut på gatan, eller?

– Absolut inte fru Isim, först måste vi ringa ambulans och polis, därefter får vi tala vidare om hur vi ska göra med boendet.

Trettio minuter senare var både polis och sjukvård på plats. Mannen konstaterades död i hemmet och polisen kände sig nöjd med redogörelsen från mig och hustrun om hur olyckan gått till. Död genom olyckshändelse blev den officiella dödsorsaken.

En månad senare ringde änkan upp mig, allt runt makens död var uppklarat, mannens arv till hustrun var skulden till mig.

– Vill ni komma till mig för att samtala om hur skulden ska hanteras herr Gasponi?

Två dagar senare i ett regnigt Moskva knackade jag åter på kvinnans dörr, efter en stunds väntan mötte mina knogar åter dörrens hårda yta för att ljudet skulle nå in till kvinnan.

– Välkommen herr Gasponi, kom in.

– Tack fru Isim.

Kvinnan hade klätt upp sig något, försökte dölja de svagt blånande kinderna så gott det gick, troligtvis med hjälp av någon billig makeup. Hon var absolut till sin fördel i jämförelse med mitt förra besök.

– Jag förstår att vi måste komma fram till en lösning, här har jag inte råd att bo även om jag fått ett enklare jobb nere i affären runt hörnet. Vet bara inte vart jag ska ta vägen, ni kan möjligtvis inte hjälpa mig herr Gasponi?

– Jag har funderat över frågan frun, tror mig också ha hittat en tvårums lägenhet åt er på bottenvåningen i det här huset, ni har säkert hört att herr Pavlo gått ur tiden. Skulle ni vara intresserad av hans lägenhet?

– Så glad jag blir, kommer jag att klara hyran där?

– Ja, ni verkar vara en rejäl människa fru Isim och det uppskattas. Kanske kan ni hjälpa mig någon gång?

– Absolut, bara säg till. Tack så väldigt mycket herrn för att ni bryr er om en fattig och enkel kvinna, men hur gör vi med min mans skuld till er?

– Jag har dragit ett streck över summan, det är ändå inte ni som är orsaken till skulden fru Isim.

– Tack snälla ni, om ni bara visste hur tacksam jag är herrn.

– Kom faktiskt på en sak, skulle ni kunna tänka er att bli vicevärd för huset?

– Om jag bara kan, vad innebär uppgiften?

– Ni ska utföra samma arbetsuppgifter som er man borde ha gjort om han skött uppgiften, då skulle ert liv sett helt annorlunda ut. I ert fall handlar arbetsuppgiften om att driva in och redovisa hyrorna för alla lägenheterna i huset. Ni kommer att få månatliga listor av mig där ni skriver in om hyran betalats, delbetalats och så vidare. Ni kommer att förstå allt när ni ser papperen. Viktigast är att de som inte kan betala hyran fullt ut signerar sin skuld, om någon vägrar att skriva under kontaktar ni mig direkt.

– Att min man haft ett så förtroendefullt uppdrag visste jag inte herr Gasponi, han har aldrig nämnt något om tjänsten för mig, givetvis har jag anat.

– Troligtvis för att han på senare tid söp upp stor del av hyresintäkterna.

– Jag ska sköta allt på bästa sätt, det är ett löfte från mig.

– Tar ni uppdraget halveras er hyra.

– Tack, jag känner mig djupt hedrad herrn.

Det kändes oerhört bra att ha fått till en lösning för kvinnan, måste erkänna att jag hyste känslor för henne som medmänniska. Nu står nästa herre på tur, högt uppsatt politiker med ett lika högt spelkonto, mannen var skyldig far ungefär samma summa som herr Isim, till och med något högre. Politikerns villa låg vackert belägen på en mindre kulle någon mil utanför Moskvas mest centrala del, den inbjudande portalen visade vägen till entréns stensatta gång.

– God dag, vem söker ni herr?

En kvinna i fyrtioårsåldern ler mot mig i ögonblicket då hon ställer frågan, jag kunde inte sätta fingret på om hon var anställd, eller om hon tillhörde familjen. Klädseln skvallrade inte.

– Mitt namn är Alexander Gasponi och söker herr Titov.

– Har ni avtalat tid med min älskade make?

– Det behövs inte, er make är skyldig mig en stor summa pengar, är han hemma frun?

– Skulle min man vara skyldig en helt okänd människa pengar? Skäms!

Högerfoten förhindrade att dörren stängdes, kvinnan skriker ut ett namn.

– Adrik kom! Vi har en man vid dörren, du måste hjälpa mig.

Snabba steg hördes från övervåningen, sekunden senare stod mannen metern framför mig. Tog ett bestämt tag om pistolens kolv som låg i rockens högra ficka, jag var mentalt förberedd att använda den.

– Vad i helvete vill ni människa?

– Är namnet Gasponi bekant herr Titov, har inte ni lånat cirka fyrtiotusen rubel av min far? Skulden är inte reglerad enligt uppgjord plan.

Kvinnan stod några steg bakom maken, hon kramade hakan samtidigt som hon med andra handen tog sig för magen.

– Adrik, är du skyldig mannen pengar, i så fall vad har de gått till?

Kände mig tvungen att förklara makens skuld för hustrun.

– Spel frun, er man har stora spelskulder.

Herr Titov stirrade mig djupt in i ögonen.

– Visa mig papper på det din jävel, komma
här...

– Visst herr Titov, titta här.

Tog fram faderns "Skuldebok", bläddrade
fram sidan med namnet Titov.

– Var så god min herre, stämmer inte min
fars anteckningar, det är han ni har lånat
pengarna av, eller hur?

Mannens långa tystnad var talande, hustrun
synade maken från topp till tå, hon sa inget.

Maken vänder sig om, går en bit in i den
stora hallen, sträcker sig efter ett
fäktningssvärd av äldre modell som hänger i
kors med ett annat på en av hallens två
större väggar.

– Du väljer Adrik Titov, tro inte för en
sekund att jag tvekar, rätten att driva in en
skuld är helt på min sida och jag antar att du
är väl bekant med faktumet.

Den skuldsatta politikern vänder sig hastigt om, tittar på mitt dragna vapen. För att inga tveksamheter skulle råda om att mitt besök var av allvarlig art släppte pistolen iväg en kula. Min avsikt med att placera kulan i foten och inte högre upp var helt enkelt att herr Titov skulle få en chans att göra rätt för sig. Han skriker, tar sig för den skottskadade foten samtidigt som han kommenderar hustrun att hålla inne med telefonsamtalet till polisen.

– För min del får ni väldigt gärna tillkalla polis, jag har blivit hotad med vapen i samband med ärlig indrivning av skuld. Hur vill ni att vi ska hantera frågan herr Titov, berätta för mig?

– Kan jag få lite anstånd?

– Vem ber ni om anstånd herr Titov?

– Kan jag få lite anstånd herr Gasponi?

– Visst herr Titov, jag kommer tillbaka om ett dygn, då har jag med mig en jurist och ytterligare en person. Kan ni inte betala säljer jag skulden till personen som inte är juristen, ni kommer att vara väldigt glad om ni slipper. Några frågor?

– Inga frågor herr Gasponi.

När dörren stängts hörs en minst sagt uppläxande kvinnoröst, vet inte om kulan smärtar värst i ögonblicket. Dagen efter var jag och två av mina vänner på återbesök hos herr Titov, min storväxta vän knackade på politikerns massiva dörr.

Herr Titovs blick sökte fäste vid något som fanns ungefär två meter över backen utan att lyckas.

– Herr Gasponi jag har pengarna här.

Min blick sökte sig automatiskt ned mot Adriks högra fot, det såg i vart fall ut som om han besökt sjukvården.

Han sträckte över ett kuvert innehållande en stor bunt sedlar, mannen framför mig tog emot och lämnade direkt över detsamma till mig. Räknade sedlarna, sträckte fram boken för att visa att skulden kvitterats av mig, därefter lämnade vi mannen och hans eventuella familj.

Så fortgick indrivningarna under någon månad, ibland fann jag snabba och smidiga lösningar, tyvärr inte alltid. Trots seriösa försök lyckades jag inte driva in alla pengarna, min far och jag förlorade etthundra rubel av den totala summan om nästan en miljon.

Kapitel 10

Hacker

Den stora staden låg inpackad i en förrädisk dimma vid vår ankomst, planet cirklade över flygplatsen under någon timma innan våra fötter åter mötte fast mark. Tackade någon högre makt för vänligheten att få göra så. Tankarna under resan hade pendlat mellan mamma, vår pakt och hur jag skulle kunna hjälpa mannen vid min sida att sätta mutkolvarna på plats en gång för alla utan att faderskapet direkt skulle förstå att jag varit inblandad. Inte i affärens absoluta inledning i vart fall eftersom jag specialutbildats för liknande uppdrag. Mitt intellekt och min personlighet har också utrustats med förutsättningar för att klara uppgiften att skicka allt som är kopplat till korruption till en annan planet.

Korruption försvagar, äter och till slut förintar länder som från grunden haft förutsättningar för att bli goda demokratier. Vårt land är ett sådant land, men blev ett annat.

Var ganska säker på att flygresan löst upp de tekniska knutarna för att kunna genomföra min plan, en strategi som mitt intellekt la upp redan under utbildningen och som mina lärare aldrig lyckades slå hål på, inte ens märka ska tilläggas.

De fyra männen i Moskvas absoluta toppskikt tillhörde politiken, eller myndighetsutövande på toppnivå. Samtliga var mina tilltänkta mål. Alla skulle drabbas för att de tillhörde den grupp människor som till stor del levde av och på mutor, de parasiterade på samhället och dess invånare. Männen hade ingått förbund med girigheten som är en av de sju dödssynderna, jag Petrov Gasponi ska bli den som sätter stopp för deras planer.

Toppolitikern Jarkko Mativev kommer att skicka ett mail till sina tre underhuggare, den här gruppen av mutkolvar besökte faderskapet under kvällen jag gjorde inspelningen och ljudupptagningen.

Gruppen av män har så stor makt att till och med landets president tillåter dem att utkräva enorma belopp i mutor för att pappa ska tillåtas "ta över" oljeriggarna Zatska två och tre.

Mailet kommer att innehålla ett förslag om att de fyra männen ska bilda en grupp där de tillsammans ska göra allt för att störta president Putnip från makten. Anledningen till detta är att han lagt sig i affärsvärldens allra heligaste, att under frihet få göra de affärer som var och en anser gynna landet Ryssland, mannen är en riskfaktor för våra framtida affärer. Putnip har redan kostat gruppen en förmögenhet.

Herr Mativev kommer att få svar via mail från var och en, samtliga kommer att göra allt efter givna instruktioner från Mativev för att störta landets president. Ingen av de fyra kommer att se att mailen varken är mottagna, eller skickade, men väl registrerade i datorernas mjukvara.

Kommande kväll var mamma och jag åter lämnade i den vardagliga ensamheten vilket passade oss riktigt bra i den uppkomna situationen. Efter en god hemlagad middag med tillhörande vin som på nytt stulits ur faderskapets vinskåp, druckits ur hans absolut finaste glas, bad jag mor sätta sig ned framför den sprakande brasan i rummet innanför hallen.

– Jag vill att du tar del av mina tankar mor, den här gången är allt på riktigt, på yttersta allvar och vi spelar båda med våra liv.

– Med våra liv, på fullt allvar?

– Så är det mamma, men ingen av utbildarna på specialistutbildningen hittade spår av den konversation som jag låg bakom mellan klassens elever, den tekniken kommer jag att använda mig av nu.

– Vad ska du göra min son, eller ska jag säga vi?

Efter två glas av det vita vinet hade planen förklarats, modern satt fortfarande tyst. Ögonblicket senare bröt hon tystnaden.

– Nog förstår jag att vi spelar med våra liv, men allt har ett pris och jag är beredd att betala för mig oavsett det. Hur kommer presidenten att få reda på männens konspiration?

– På samma sätt. Putnip kommer att få reda på allt via FSB som får en kopia av mailen. Naturligtvis får de också veta var de kommer ifrån, ingen annan vet om dem. Fram till dags dato har ingen klarat operationen inom landets gränser.

– Vad tjänar vi på att genomföra denna riskfyllda operation?

– Det blir förmodligen far som får sola sig i glansen, han blir också hedrad av Putnip, förmodligen befriad från en del av de betalningar av miljardbelopp som mutkolvarna krävt av honom.

– Varför tror presidenten att din far är inblandad?

– Han kommer bara att kunna gissa utan att någonsin få ett svar vilket förmodligen räcker för honom, men de har en gemensam beröringspunkt i oljeriggarna Zatska två och tre. Mutkolvarna blir satta ur spel, far får behålla en större summa pengar som kan användas till seriösare investeringar. För mig är det viktigt att de korrupta får betala för sin girighet.

– Vad kommer att hända med männen tror du?

– Du vet lika bra som mig mor, de har ändå förtjänat straffet.

– Visst, lite rädd är jag trots allt, mest för din skull älskade son.

– Allt kommer att gå bra mamma.

– När kommer du att sjösätta dina planer?

– Ikväll, rättare sagt nu.

– Må alla gudar vara med dig Petrov.

Finvinet svaldes utan den respekt som prislappen krävde, brutalt fylldes glaset på nytt, fattade fars kära ägodel i min högra hand och började resan ut i det okända, ändå inte. Källarens svalka mötte mig halvvägs nedför trappan, anade ett svagt blått ljus från bildskärmarna i mitt rum. Där fanns allt vad en datanörd kan önska sig, förmodligen en bit därutöver, utbildningens datorer låg långt, långt efter. Kan egentligen inte se vad som skulle saknas för att sända en astronaut till månen, även ta densamma tillbaka på ett säkert sätt.

Inom det området hade faderskapet aldrig snålat, här hade han alltid delat ut sina materiella klappar, visst hade jag gärna bytt ut de flesta av dessa mot fysiska ömhetsbetygelser. Pappa hade tillgång till en välfylld plånbok, men hans känslomässiga konto var tomt, sorgligt minst sagt.

Talade om för de tre stora bildskärmarna att något var på gång, med ett kort kommando från en central kontrollenhet startades de gigantiska datorerna upp, systemfläktarna varvade högljutt för att något senare gå ned i viloläge i väntan på nästkommande uppdrag. Satte mig framför det som jag betraktade som huvudbildskärmen, den var centralt placerad mellan de två mindre som de flesta skulle betrakta som väldigt stora. Den ergonomiskt välformade skinnfåtöljen mötte upp precis som den alltid gjort, lutade mig lätt tillbaka med kontrollenheten i min högra hand, den kommer något senare att skicka mina kommandon, därmed bestämma vad som ska ske.

Nu ska mutkolvarna få sitt straff, Mativev med sina underhuggare kommer längre fram i tiden att få möta någon med betydligt mer makt, landets president Vladim Putnip.

Datorerna och jag hade samarbetat under knappa timmen när det knackar på dörren.

– Petrov din far har kommit hem redlöst berusad, han är hotfull. Stanna här så ska jag försöka att få honom i säng.

– Jag följer med dig mamma.

– Nej! Och nu vill jag att du lyssnar på mig. Fortsätt med ditt precis som om inget hänt.

– Kom tillbaka om du känner dig hotad.

Kvinnan svarade inte, gick sakta ut ur rummet och stängde den tunga dörren efter sig.

Bestämde mig för att fortsätta samarbetet med datorerna, egentligen återstod enbart en sak, att bestämma mig för hur Putnip skulle få reda på konspirationen mot honom. För ögonblicket fanns några tänkbara alternativ, efter att ha funderat en stund bestämde jag mig för att gå på min första tanke, givetvis ska **Ryska** federationens federala säkerhetstjänst, även kallad FSB få en signal om vad som pågick.

FSB är en förlängning av tidigare KGB, den här vägen känns ändå som den mest naturliga, presidenten kommer med blixtens hastighet att få reda på konspirationen mot honom. Aldrig tidigare hade jag spelat med så höga kort, i skolan var allt ett spel där det gällde att överlista landets vassaste IT-experter, nu spelade jag med livet som insats, kanske också med mammas.

E-postmeddelandet skulle snart lämna Mativevs dator, tre höga och ytterst korrumperade tjänstemän stod som mottagare. Meddelandet säger att gruppen måste träffas för att diskutera hur de ska kunna förenas i arbetet med att störta president Putnip. Efter någon timme kommer Mativev ha fått svar från de tre männen där de meddelar, "med förenade krafter kommer vi att lyckas, Putnip måste bort".

Svaren skickas vid olika tidpunkter och med svar som inte är identiska, allt för att lura FSB. Inom någon minut kan jag trycka på knappen där allt iscensätts. Knackningar hörs åter på dörren in till mitt rum, hinner inte svara, eller bjuda in. Mamma öppnar lika hastigt som hon tar plats i rummet, frisyren och hennes ansiktsuttryck talar om att faderskapet åter har pucklat på henne.

– Jag ska döda den jäveln, nu har han satt sin sista potatis den satans oligarken. Att han bara vågar.

– Nej Petrov, nej! Du måste lyssna på mig, han har gått in till sitt rum, lova mig att vår pakt ska komma först?

– För stunden lovar jag, inte i förlängningen. Om några ögonblick skickar jag mutkolvarna till den eviga elden, framöver kommer mannen som är min far att gå samma väg. Med, eller utan min hjälp.

– Du måste jobba vidare Petrov, vår pakt ska i alla lägen stå över despotens utspel. Jag tar hand om mina små blessyrer, gör det du måste nu min son.

Min blåslagna mamma försvann ut ur rummet efter att ha uttalat ett löfte om att sköta om sitt yttre och därefter lägga sig i en annan del av bostaden. Efter att ha granskat mitt arbete kändes ett stort mått av förnöjsamhet inombords, kände mig oerhört lugn och tillfreds. Sekunden senare tryckte jag på skicka, cyberrymden fick nu ta över. Inom någon minut skulle Mativev ha skickat e-post till sina tre underhuggare, timmen senare skickas en signal om vad som var på gång till FSB.

Under tidig morgon skulle alla fyra sitta bakom lås och bom, rent av förpassats till en ogästvänligare plats där liemannen mött upp.

Tyckte först att dörren på nytt utsattes för diskreta knackningar, så var det inte. Superoligarken, gudfadern, tillika faderskapet Alexander Gasponi vräker sig in genom den nu öppna dörren, golvet möter upp snabbt.

Mannen tuppar av, bestämmer mig snabbt för att tillkalla polis, därefter göra en formell anmälan mot honom utifrån vad han utsatt min älskade mamma för något tidigare. Placerade för säkerhets skull brevsprättaren i hans högra hand, rispade vänstra överarmen på mig själv ganska rejält. Polisen hade naturligtvis tillkallat ambulans i samma andetag som jag gjort anropet över mobilen, ordningsmakten var ett antal minuter före personalen med ett rött kors på uniformens krage.

Sjukvårdspersonalen tog hand om mamma medan två poliser bar ut fadern emellan sig till en väntande bil. Den ena polismannen tittar på min arm.

– Ni ska nog be en sjuksköterska titta på såret, en kollega till mig kommer snart att ta uppgifter om vad som har hänt.

– Jag kommer att finnas här.

Gick in till rummet där läkare plåstrade om mamma, ansiktet var svullet, tårar rann i strida strömmar nedför hennes kinder.

– Petrov älskade son, så du ser ut. Skar han dig verkligen med en kniv?

Kände mig i stunden tvungen att ljuga modern rakt upp i ansiktet, smärtan kände inga gränser, jag var helt enkelt tvungen. Mannen ska bort från vårt hem på ett, eller annat sätt. Punkt och slut.

– Så illa är det. Nu ska vi tänka på oss, inte på despoten.

– Modern tittade sig omkring så att ingen skulle höra.

– Petrov, hann du jobba färdigt?

– Hann precis bli färdig innan han kom inrusande, däremot såg jag inte var kniven kom ifrån, allt gick oerhört snabbt.

Mor tittade på min vita skjortärm som för stunden alltmer antagit en röd färgton, sjukvårdspersonalen hade hunnit lägga ett första förband innan de fortsatt med mammas blessyrer.

– Så fel allt blev, att han gav sig på dig.

– Ingen fara, en rispa som kommer att kräva några stygn, sedan är allt bra igen.

Under sen kväll, rent av tidig morgon hade polismännen gjort allt för att få anmälan så komplett som möjligt och ifylld med uppgifter om hur allt gått till under kvällen då oljemagnaten löpt amok. Jag gjorde allt för att övertala mamma om att vi verkligen skulle göra en formell anmälan mot despoten.

– Jag litar på dig älskade son, vi gör så.

– Bra, du har stått ut länge nog. Anlita en advokat, ansök om skilsmässa och låt mannen få betala ett rejält skadestånd. Det är vad jag råder dig till.

– Med tanke på vår pakt, är det verkligen någon idé att stämma den mäktige mannen?

– Han kommer att betala för sig, göra allt för att ert förhållande inte ska gå till advokat, i nuläget är han helt tagen på sängen.

– Då gör jag så.

– Naturligtvis, nu kör vi.

– För ett ögonblick försvann smärtan från mitt ansikte.

– Skönt.

Kapitel 11

Fyllecellen

När jag vänder mig om följer kudden med på något vis, den sitter som en förälskad flicka vid min kind, men doftar något helt annat. Spyan hade jobbat hårt i det tysta, rummets temperatur vid dess sida. Huvudet satt förmodligen där det skulle även om inte känslan infann sig, vad har jag gjort och varför är jag här? Ett stort antal frågor stod på kö, väntande på just sitt svar.

Kände smärta från högra handen, titta ned på den och såg rodnader över knogarna. Anade fan, mindes inget, antog ändå att Olga varit dess mål. Hörde ljudet av en nyckel som letade efter rätt läge, den vreds om, dörren in till mitt begränsade och sparsamt möblerade utrymme öppnades. En polis kommer in, ber mig följa med.

Följer med honom från byggnadens källarvåning till våningen över via en trappa med trettiotvå steg. I det väntande rummet sitter ytterligare en uniformsklädd herre och väntar.

– Herr Gasponi vi har väl träffats förut om jag inte minns fel, eller hur?

Tittade noggrant på mannen, känner inte igen honom.

– Senast vi sågs, besökte jag och en kollega er i hemmet med anledning av två personers plötsliga försvinnande. Känns det bekant?

– Nu minns jag, situationen var inte så trevlig som er bekantskap, följde jag inte med er ända ut i hallen?

Såg mannens kinder färgas röda, när polismannen tog emot mutan gjorde han så utan att rodna. Jävla mutkolv, trots mannens insinuationer håller jag masken.

– Kommer faktiskt inte ihåg detaljerna herr Gasponi, visst kan det ha varit så. Kommer ni ihåg varför ni besöker oss nu?

– Nej konstapeln.

– Vi fick in en anmälan om pågående misshandel från er bostad under gårdagens kväll, er hustru påstod att ni misshandlat henne, det finns också en anmälan från er son om att ni skulle ha knivskurit honom i armen.

Jävlar i helvete, exakt som jag befarat, nu måste slipstenen dras åt rätt håll.

– Kan ni bästa konstapeln tala om för mig hur problemet ska kunna lösas?

– Ni kanske funderar över om möjligheten finns att köpa sig fri med hjälp av en gåva till poliskårens förening, eller?

– Något sådant, om ni inte har ett bättre förslag. Som ni förstår av tidigare kontakter med mig finns intresse från min sida att lösa upp situationen med hjälp av generositet.

– Intressant herr Gasponi. Vad skulle det vara värt om jag följde med er ut på gatan med orden, "på återseende"?

– Kan tiotusen rubel vara svaret?

– En del av svaret, inte hela.

– Dubbelt upp.

– Tjugofem låter bättre.

Skulle precis säga till den mutbara polismannen att summan var helt okey när dörren på nytt öppnades in till rummet. In störtar två kostymklädda män som visar polismannen sina brickor. Sekunden senare hänger jag i luften mellan dem, ingen yppar ett ord. Något senare sitter jag i den stora bilens baksäte, vänder mig om, ser en likadan bil något bakom oss.

Funderade djupt över vad som höll på att hända, mina tankar famlade runt utan att finna fast mark, eller annat att knyta an till. Att jag hämtats av FSB rådde det däremot ingen tvekan om.

Kapitel 12

Avslöjanden

Mindre än två dygn efter det att mailen skickats mellan de inblandade männen väcktes jag av bryska knackningar på vår dörr, sneglade mot klockan som lyste svagt på mitt nattduksbord, sju och trettiofem. Vem fan knackar på så här dags? I stunden fann jag inte svaret.

– Vi söker Petrov Gasponi, vad är ert namn?

Fyra välklädda män stod utanför, funderade över om jag träffat någon av dem tidigare, svaret blev nej. Alla var helt okända för mig.

– Jag är Petrov Gasponi.

– Var vänlig och klä på er, ni ska följa med oss.

Tonen angav att läget inte var förhandlingsbart, gick åter in till mitt rum, stängde dörren efter mig, ville absolut inte att männen skulle se mina datorer. Kläderna satt på kroppen ögonblicket senare, åter ut till de tålmodigt väntande männen.

– Då är jag klar mina herrar, har jag rätt att få veta vart ni tänker föra mig? Tankarna går givetvis till min mor som inte vet att ni för bort mig, hon kanske skulle uppskatta att få veta varför sonen inte finns vid frukostbordet.

– Meddela er mor att ni finns i säkert förvar hos landets säkerhetstjänst.

– Då tar jag mig friheten att göra så, ett ögonblick.

Gick sakta bort mot mors rum, knackade lätt på hennes dörr.

– Petrov är det du?

– Kan jag komma in?

– Visst älskade son.

– Hur mår du mamma?

– Öm i ansiktet och i kroppens flesta delar, men vad vill du min son, jag ser att du är stressad?

Förklarade snabbt hur allt låg till och att hon inte skulle oroa sig.

– Ingen kan spåra mig, blir du förhörd så vet du inget om pappas affärer, om möjligt ännu mindre om vår pakt. De inblandade männen har bjudits in av pappa där ingen av oss fått delta i något samtal utanför de rent sociala. Är vi överens mamma?

– Jag förstår Petrov, du behöver inte vara orolig.

Stunden senare satt jag i männens stora svarta Mercedes med en biff på vardera sidan, snart var vi framme vid polisstationen där min far med all säkerhet satt omhändertagen.

Två män klev ut från den framförvarande bilen, hade inte insett att vi kört i eskort, med raska steg gick de sida vid sida mot stationens entré.

Ögonblicket senare kommer de ut med faderskapet mellan sig, mannens skor nuddar knappt vid den svarta asfalten, fadern är givetvis tagen av situationen. Chauffören sliter upp bilens högra bakdörr samtidigt som livvakten formligen kastar in pappa i bilens baksäte, livvakten följer strax efter, dörren stängs med kraft. Min pappa vänder sig om, förmodligen för att se om jag fanns i den bakomvarande bilen, ser att livvakten tar ett tillrättavisande krafttag i hans axel. Nu ser jag enbart nacken på mannen som jag hatade å ena sidan, tyckte något lite synd om å andra. Tänkte för ett ögonblick att känslan av att kunna tycka synd om någon skiljer fadern och mig åt, också det som visar att hans gener inte nedärvts fullt ut, tackar någon gud i stunden.

Förstod att männen representerade makt i storformat, inte på grund av storlek utan av anledning att de var så tätt kopplade till presidentskapet som sådant. De var helt enkelt Putnips förlängda arm i säkerhetsfrågor där den traditionella poliskåren inte hade något att säga till om. Förmodligen handlar allt om yttre och inre säkerhet, där den traditionella poliskåren står för den inre, den yttre handlar mer om rikets säkerhet där presidenten givetvis är inkluderad.

Pappa och jag placerades i olika rum, såg inte skymten av honom efter att vi lotsats in via säkerhetstjänstens entré. Tittade på den av männen som gick något före oss andra, la märke till att ena byxbenet var något kortare än det andra, märkligt. Kanske var det benet något längre. Utanpå den mörka kostymen bar han en ljust blå trenchcoat, den hade med all säkerhet varit mörkare i färgen en gång i tiden. Funderade över om gripandet av oligarken och mig hade att göra med mitt IT-arbete, så var nog fallet.

Märkligt att männen inte tog in mamma också, skönt att hon slapp så här långt, men allt är inte över ännu. Rummet som jag blivit tilldelad påminde mer om en cell, ett mindre bord med tre stolar var hela möblemanget. Två på ena sidan, en på den andra, jag hade placerats på sidan med singelstolen. Två män kommer in i rummet, de sätter sig mittemot mig ungefär samtidigt, den ena mannen hade ett knappt märkbart plåster över vänstra ögonbrynet, blod kunde anas där bakom. Anade dofter av svett och gammal fylla, en blandning som ersatte en förväntad doft av någon Cologne. Personerna var helt obekanta för mig.

– Herr Petrov Gasponi, om jag förstår saken rätt?

– Ja.

Hade bestämt mig för att svara så enstavigt och kort som möjligt för att inte låsa in mig i några utvikningar.

Mannen med plåsterlappen hade ställt frågan, han kommer även fortsättningsvis att sköta förhöret gissar jag.

– Känner ni igen de här männen?

Mannen visade upp fotografier på mutkolvarna som gästat oss den kvällen då jag gjorde inspelningen.

– Ja.

Förhörsledaren blev något uppretad över mitt sätt att svara, kunde ändå inte säga något då han fått svar på ställd fråga.

– På vilket sätt?

– Jag har sett dem.

– För helvete unge man skärp dig, du förstår vad jag menar, var har du sett dem?

– I vårt hem.

– Vid ett, eller flera tillfällen?

– Några.

– Minns ni när ni såg dem senast i ert hem?

– Inte så länge sedan, kommer inte ihåg exakt när.

– Vad gjorde männen i ert hem?

– Åt, drack och pratade.

– Pratade om vad?

– Ingen aning.

– Hur vet ni att de pratade då?

– Ett alldagligt samtal, så länge jag var med.

– Sedan?

– Absolut ingen aning.

– Kom de till er spontant, eller var de bjudna?

– Vet inte.

– Hade de några i sällskap?

– Kvinnor.

– Vet ni vilka kvinnorna var?

– Nej.

– Hörde du någon gång männen nämna presidentens namn?

– Nej.

– Var din mor med under hela samtalet?

– Det skulle förvåna mig.

– Varför?

– Vid tidigare middagar har kvinnorna alltid lämnat matsalen efter desserten.

– Vid vilken typ av middagar?

– Alldagliga vad jag förstår.

– Vad menar du med alldagliga?

– Sådana som du och din kollega förmodligen har.

– Och personerna på middagarna, har de också varit alldagliga?

– Ja.

– Vad tycker du om vår president?

– Presidenten gör säkerligen sitt yttersta för vårt folk och vårt land vilket inte är någon lätt uppgift, kan jag göra något för honom så finns jag här.

– Skulle ni kunna tänka er att jobba för vår president och vårt land?

– Det vore hedrande.

– Vad har hänt med er arm?

– Knivskuren av min far.

– Vill ni utveckla svaret, varför blev ni knivskuren?

– Vet inte.

– Då är vi nog klara för den här gången herr Gasponi, tack för att ni har besvarat våra frågor, om än på ett något spartanskt sätt.

– För all del. Kan ni stå ut med en fråga från min sida, varför har jag utsatts för detta förhör?

– Ni kanske kommer att få ett svar, inte nu. Vi släpper er nu, tack för er samverkan Petrov Gasponi.

– Jag såg att även min far blev hämtad, kommer han också att bli frisläppt?

– Vi ansvarar för er, andra ur vår organisation ansvarar för er far, med andra ord, jag vet inte. Ni är fri att lämna oss nu.

Bestämde mig för att inte ställa ytterligare frågor, ville inte provocera männen som ändå varit ganska trevliga mot mig. Går ut på stadens huvudgata, vinkar in en taxi.

President Putnip har nu givetvis vetskap om att männen vill se honom död, rent av beredda att genomföra en statskupp om rätt personer ansluter. Många huvuden kommer att rulla fram till ögonblicket då faran kan blåsas över, då kommer jag att sitta på första parkett.

Kapitel 13

Skilsmässoansökan

Mamma hade plåstrats om på sjukhuset, röntgen visade inte på några frakturer i ansiktet, rejält blåslagen var hon den stackars kvinnan. Vilket barn vill se en blåslagen mamma, är det inte i det ögonblicket barnet, eller annan närstående börjar hata? Jag har hatat sedan länge, förmodligen av just den anledningen. I tidig ålder bjöds min friska hjärna in i våldets värld utan att gudfadern, tillika superoligarken tänkt på konsekvenserna. Allt löstes med någon form av våld, psykisk som fysisk.

Gick upp till mors rum.

– Hur mår du mamma?

– Oh Petrov, var mest rädd för att din far skulle komma på besök. Jodå, fortfarande blåslagen och öm. Det blir snart bra, men berätta om mötet med säkerhetstjänsten, du förstår väl att jag är nyfiken, för att inte säga spänd över vad du har att berätta.

Stunden senare hade allt berättats, kvinnan i sängen hade vid några tillfällen kommit med motfrågor, en av dem rörde maken Alexander. Svarade så ärligt jag kunde.

– Vill du ha maten serverad på rummet, eller föredrar du att äta tillsammans med mig? Du behöver absolut inte vara rädd för mannen som du en gång äktat, honom tar jag hand om, men vi har också en del praktiska saker att tala om.

– Naturligtvis äter vi tillsammans, inte ska oligarken få ta död på vår gemenskap.

Arm i arm gick vi ut mot den väntande matsalen, hade gissat att modern skulle ansluta till middagen varför jag ansträngt mig lite extra med mat, vin och blomsterutsmyckning.

– Så fint du har dukat, vilka underbara dofter och så fina blommor du har köpt, vad ska du bjuda på?

– Saluhallen erbjöd färsk lax, kunde inte motstå den vackert rosa fisken, därutöver diverse grönsaker och rotfrukter. Smaklig måltid.

– Ögat äter först, därefter mun och mage. Ser att du på nytt valt Alexanders finaste glas, att du vågar.

– Skål mamma, hur tänker du om äktenskapet med min far?

– Nu får det vara nog, dina tankar har slagit rot, jag lämnar honom på ett villkor.

– Vad är villkoret?

– Att jag får sköta så mycket som möjligt omkring skilsmässan, känner mig ändå kapabel som den högutbildade kvinna jag är. Litar du på mig Petrov?

– Definitivt. Låt despoten betala för allt han utsatt dig för, jag litar verkligen på dig du starka kvinna. Vi har tillgång till juridisk expertis och den måste finnas med parallellt, anlita en advokat, ansök om skilsmässa och låt mannen få betala ett rejält skadestånd.

 – Bra så, han ska få betala. Men jag tänker på vår pakt och ställer på nytt frågan, är det verkligen någon idé att stämma den mäktige mannen?

– Han kommer att betala för sig, göra precis allt som står i hans makt för att ert förhållande inte ska gå till advokat.

– Någonstans har jag ändå tänkt att det måste bli så för att äntligen få ett avslut med honom.

– Bra. Fortsätt med dina tankar runt en skilsmässoansökan.

Konversationen var precis avslutad när vi hörde nyckeln till ytterdörren vridas om, ett metalliskt och distinkt ljud nådde rummet.

Alexander var på väg in i lägenheten, såg hur mor stelnade till mitt i rörelsen som var avsedd att föra gaffeln med ett stycke ugnsstekt lax till munnen, besticket fick med oförrättat ärende gå tillbaka till tallriken. Pappa kliver in i salen utan att ha tagit av sig skorna innanför dörren vilket var brukligt för alla i vår familj, inte idag.

Han var inte nykter, inte ren. Fadern lämnade ett allmänt ofräscht intryck ifrån sig.

– Här sitter ni och dricker fint vin ur mina absolut dyrbaraste glas, vem fan har lovat detta?

– Far, sätt dig ned!

Jag tog i och kände själv att min röst lät militärisk.

– Tar du dig ton Petrov?

– Visst, kom inte in här och lev rövare igen efter allt du har utsatt både mig och mamma för och jag vill vara väldigt tydlig på den punkten. Om du ska vistas i samma rum som oss börjar du med att be om ursäkt för allt du utsatt oss för, förstår du?

Det var förmodligen första gången som någon överhuvudtaget vågat höja rösten mot den mäktige mannen, han stod fortfarande med öppen mun, förmodligen väntande på att hjärnan skulle skicka en signal om vad han skulle säga.

– Ursäkta mig då.

– Är det allt du har att säga? Titta på mammas blåslagna ansikte, hennes kropp ser ungefär likadan ut. Därutöver kan du titta på min knivskurna arm, så här ser den ut.

Sträckte fram armen med stygnen väl synliga mot honom utan någon som helst känsla av dåligt samvete, allt beroende på att jag har så mycket tillgodo mot mannen vad gäller lögner och smärta. Han fick fortfarande inte fram ett ord, ögonblicket senare tog mamma över.

– Alexander, gör nu som Petrov säger, sätt dig ned medan jag pratar till dig.

– Kan jag också få dricka ett glas fint vin ur mina egna och fina glas?

– Du ska få ett glas, dricker du mer lämnar vi bostaden ögonblickligen. Är vi överens?

– Jag lovar.

Gick bort till vårt välfyllda vin och spritskåp, plockade ytterligare ett glas av de totalt tjugofyra som skänkts av någon oljeshejk någonstans i Arabien.

Ställde glaset framför fadern, hällde därefter upp ett knappt glas av vinet. Mamma hade inte sagt ett ord till honom sedan jag lämnade bordet.

– Nu vill jag att du lyssnar och lyssnar väldigt noga på vad jag har att säga. Vi ska skiljas och jag kommer att ta kontakt med advokat redan under morgondagen.

Vansinnet lös ur hans ögon, kan inte säga annat än att situationen kändes lika bekant som obehaglig, jag hade mött blicken mer än en gång under åren, men ikväll skulle despoten få reda på att det var den sista.

Han reser på sig med blixtens hastighet, sliter av sig den fina trenchcoaten och kastar den ut över golvet, innan han hinner fram till modern träffar min högra knoge honom mitt på hakspetsen, allt var över.

– Hur vågade du?

– Ärligt talat funderade jag aldrig, var ändå helt klar över att han pryglat oss för sista gången. Gud så skönt allt kändes. Vi får vänta tills han vaknar, under tiden kan vi väl äta färdigt, klarar du det mamma?

– Den här typen av drama har varit en stor del av mitt liv, låt oss äta av den goda maten.

Knappa halvtimmen därefter började byltet röra på sig, stönade fram några frågande ord om vad som hänt.

– Var det du som slog mig Petrov?

– Ja, i självförsvar ska tilläggas. Om du är nöjd så tar du plats i stolen igen så att mamma får prata färdigt med dig.

Han pallrade sig upp, satte sig på stolen mittemot mammas. Fattade vinglaset i sin högra hand och svepte innehållet.

– Kommer du ihåg vad Petrov berättade innan golvet mötte dig Alexander?

– Du vill skiljas, är detta ditt sista ord i ärendet?

– Ja, nu får det vara nog med din terror.

– Om jag lovar bot och bättring Olga, kan du tänka dig att ompröva beslutet?

Funderade över när min äktade make tilltalade mig vid namn senast.

– Nej, under morgondagen tar jag kontakt med någon advokat som du inte slagit klorna i ännu, därutöver kommer jag att kräva dig på ett skadestånd för all smärta jag fått utstå under åren, inget därutöver. Du kan behålla ditt imperium som för övrigt saknar någon form av betydelse för mig, ett rejält skadestånd ska du ändå få betala.

– Kan vi göra upp i godo?

– Vad är du beredd att betala?

– Det du begär.

– En bostad centralt i Moskva, därutöver tio miljoner rubel.

– Jag måste acceptera dina krav Olga, vi är överens. Imorgon förmiddag kommer jag att ta tag i allt gällande din bostad och under eftermiddagen kommer summan att finnas på ditt konto.

Under tiden som föräldrarna diskuterat sina mellanhavanden hade pappa märkligt nog skärpt till sig, inte på det viset att han ingav ett nyktert intryck, men ändå ett betydligt stabilare än tidigare. Tankarna hade gått fram och tillbaka om jag skulle följa med mamma, eller stanna hos despoten. Fattat snabbt mitt beslut.

– Pappa, jag vill att bostaden ska vara så stor att den inrymmer både mamma och mig, jag har också fått nog.

Svaret lät inte vänta på sig.

– Petrov, allt blir ditt en dag, jag vill att du finns vid min sida.

– Så blir det inte, från och med nu planerar jag min framtid utanför ditt imperium. Och jag kommer inte att avkräva dig något skadestånd, nu vet du.

– Du väljer att svika din far.

– Du har alltid svikit mig pappa och det genom aga, se inte mitt svar som en hämndaktion, men väl som en personlig revansch.

– Har jag verkligen uppfattat dig rätt min son, väljer du bort ett miljardimperium till förmån för någon form av själslig utveckling?

– Kalla det för vad du vill, men valet var lätt. Jag vill inte ha med dina korrupta affärer att göra, aldrig någonsin. Jag har en fråga till dig som inte berör det vi pratar om nu. FSB, varför tog de in dig och varför blev du frigiven?

– Snabba kast, FSB konkretiserade aldrig vad de sökte, därför kunde jag inte svara på deras frågor, men jag förstår att något pågår runt presidentskapet. Därefter släppte de mig helt enkelt.

Tystnaden låg platt som en pankaka ögonblicket efter det att oligarken lämnat oss. Mamma lät ena handens fingrar söka sig genom sitt böljande hår samtidigt som ett smygande ljud av lättnad passerade över hennes läppar.

– Mamma, trots högre utbildning har du varit någon form av lyxhustru större delen av ditt liv. Hur tänker du här?

– Varje kvinna bakom en stark man är en stark kvinna, eller måste vara stark skulle jag säga. Den starka kvinnan får oftast betala ett högt pris för sitt stöd till mannen, ta mig som ett lysande exempel.

– Hur går dina tankar gällande skadeståndet, varför tio miljoner rubel, ett ganska högt belopp ändå?

– Jag omsatte summan till svenska kronor. Nu förstår du.

– Visst.

Veckan senare hade mamma och jag installerat oss i vårt nya boende, nyckeln hade överlämnats av faderskapet vid frukosten två dagar efter vår konfrontation med orden, "hoppas att allt blir bättre än det var".

Lägenheten var belägen endast några hundra meter från vår tidigare bostad i ett minst sagt representativt hus, bostaden inrymde fyra rum med två större badrum och ett väl tilltaget kök samt ett antal utrymmen för kläder. Som avtalats hade pengarna förts över till mors konto. Förhoppningsvis var mannen ytterst ångerfull även om han vanligtvis inte haft någon större tillgång till den typen av känslor, något kändes ändå annorlunda.

Kapitel 14

Jakten på konspiratörerna

Något efter installationen i vårt nya boende väcktes vi en morgon av ett brutalt bankande på lägenhetens dörr, jag vet inte vem av oss som vaknade först, men mamma och jag möttes i hallen ungefär samtidigt, kanske med någon halv meters mellanrum. Jag var först framme vid dörren, tog dörrens vred i min hand, vet inte vem jag förväntade mig möta på andra sidan om det teakfärgade träblocket.

Två män i mörka kostymer mötte våra sömndruckna anleten, de behövde inte presentera sig eftersom samma män hämtat mig gången innan.

– Gasponi, Petrov Gasponi?

– Ja, även den här gången.

– Ursäkta oss frun, är ert namn Olga Gasponi?

– Ja.

– Jag får vänligen be er att följa med oss, det är en direkt order från FSB. Jag förutsätter att ni vet vad FSB representerar.

– Visst ska jag följa med er, men av vilken anledning, förhoppningsvis finns någon förklaring?

– Mycket kan förändras över tid, mer kan jag inte säga för ögonblicket. Jag är ledsen herr Gasponi, men vi vill att även ni följer med.

– Jag har redan varit inne hos er på förhör.

– Vi vill att ni följer med igen.

Vår bil rullade in i fastighetens väl dolda parkeringshus samtidigt som en handfull andra, trodde för ett ögonblick att samtliga tillhörde vårt följe, att vi var betydelsefulla personer av den grad att säkerhetsbilar per automatik skulle finnas med. Kom på mig själv när jag i ett misslyckat försök skulle kväva skrattet.

– Vad finner ni så roande i situationen herr Gasponi, det vore intressant för oss att få ta del av detta?

– Ursäkta mig, skrattet var absolut inte menat så, funderade helt kort över oddsen att bli fängslad av FSB två gånger med någon veckas mellanrum.

Säkerhetspolisen verkade inte speciellt road över mitt svar, han valde ändå att avstå från vidare kommentar. Mativev och hans mutkolvar klev ur bilen som parkerat framför vår. Pappa lämnar ögonblicket senare den efterföljande bilens bakre dörr med en säkerhetsvakt på vardera sidan. För andra gången på kort tid fick jag ta del av en bekant situation, frågan är om den uppkomna är den sista, eller om en av landets största företagsledare överlever ännu en gång. Besöket var i princip en kopia av det tidigare, mamma och jag fick lämna byggnaden senare samma dag, frågorna som ställts gällde åter konspirationen mot vårt lands president, även om inte ordet uttalats. Vi sa inte så mycket till varandra i taxin som skulle ta oss till bostaden, båda kände säkert att konversationen fick vänta.

Mamma hade ändå upplevt att utfrågningen hade genomförts i en vänlig ton och att hon kunnat besvara frågorna på ett bra sätt.

– Jag vet inget, därför var den uppkomna situationen ganska lätt att hantera.

– Var du inte nervös?

– Inte det minsta, svarade att min mans eventuella förehavanden var helt okända för mig. Fick du någon fråga om vårt privata nätverk?

– Ja, frågan var lika lätt att besvara, vi har inget. Nätverket är pappas, inte vårt.

– Så sant min son.

Dagarna gick, vid några tillfällen hade jag varit utanför lägenheten i olika ärenden, att något stort var på gång kunde lätt avläsas på polisens och militärens aktiviteter. Vart min blick gick kunde polisbilar, eller militära fordon observeras.

Statens jakt på eventuella konspiratörer var minst sagt intensiv vilket märktes ute på stadens gator, förutom presidenten och FSB var det egentligen bara mamma och jag som visste vad allt handlade om. Någon dag senare kom pappa på besök till vår lägenhet.

– Vad händer Petrov, om du har någon som helst aning så hoppas jag att du förklarar?

– Varför skulle jag veta något? Det är i första hand dig och dina så kallade affärsmöten vi frågats ut om.

– Vad har ni sagt?

– I princip ingenting eftersom vi inte vet något, att du har haft bekanta vid vårt middagsbord är inget vi kan utvärdera.

– Förvisso sant. Något stort håller på att hända, det står poliser och militärer i varje gathörn. Om jag bara visste.

– Vad skulle du göra då?

– Inte lätt att veta Petrov, tänk tanken att jag håller på att bygga upp ett affärsimperium som i nästa andetag beslagtas av staten.

— Vad får dig att tro något sådant?

— Min känsla är att någon, eller några konspirerar mot Putnip, skulle så vara fallet kommer helvetet att braka lös på alla fronter. Det som syns ute på gatorna kan mycket väl vara inledningen på något sådant och varför skulle vi tas in till upprepade förhör, har du något svar?

— Nej. Om dina konspirationsteorier stämmer, vilka skulle i så fall ligga bakom?

— Någon som återkommande kommer upp för mitt inre är Mativev. Han är kapabel, därutöver är hans nätverk minst sagt respektingivande med förgreningar högt upp inom militären.

— Och honom bjuder du in till vårt middagsbord.

— Så fungerar affärsvärlden och vårt land, det vore helt omöjligt att genomföra större affärer utan mutor vilket jag har förklarat för dig. Mativev och hans gelikar är inget annat än ett gäng mutkolvar, presidentskapet inkluderat.

– Putnip hjälpte väl dig utan att kräva någon muta om jag förstår saken rätt.

– I och för sig, han sänkte mutkolvarnas arvoden och flyttade över motsvarande summa till sitt eget konto. Pengarna han erbjöd sig att låna ut kom inte från hans privata konto utan från staten, det är folkets pengar han spelar med.

– Då förstår jag.

– En sak till, om något skulle hända mig så vill jag att du ska veta att allt tillfaller dig. Dokumenten skrevs under nu på morgonen.

– Vad skulle hända dig?

– Man vet aldrig.

När pappa och jag kom ut i hallen drog mamma precis kappan över sina axlar.

– Hej Olga, jag förstår att du är på väg ut.

– Hej Alexander, jo jag ska till köpcentrat.

– Kan jag inte få skjutsa dig, vi är väl ändå inte dödsfiender?

– Nej vi är inte dödsfiender, jag accepterar ditt erbjudande med ett tack.

Trots allt kände jag en inre glädje över föräldrarnas utbyte av ord, inget som ska förstoras upp, ändå den mest positiva dialogen jag hört sedan barnsben. Ifrån vardagsrummets fönster såg jag dem passera över gatan, de gick tätt sida vid sida och bort mot den stora parkeringsplatsen. De var endast ett andetag från att fatta varandras händer, så uppfattade jag situationen.

Ögonblicket senare hördes en kraftig explosion, vad i himmelens namn var det? Sprang åter in till vardagsrummets fönster, härifrån måste explosionen ha kommit. Det kändes som om fönstrens glas fortfarande var i gungning när jag kom fram, tittar ut mot parkeringsplatsen som ligger några hundratal meter bort, det ryker betänkligt från något som en gång var en bil, en fin bil, en svart Mercedes. Pappas bil har sprängts i luften.

Då är han ju död, herre gud han är död, älskade mamma också. Tankarna rusade genom mitt huvud samtidigt som jag själv rusar genom lägenheten för att snabbt ta mig ned till platsen för explosionen.

Vad händer, är jag personligen skyldig till mina föräldrars troliga bortgång, kan det verkligen vara så. Har mitt agerande gentemot mutkolvarna genererat morden? Bomben var naturligtvis inte ämnad för älskade mamma, nu blev även hon drabbad. Kunde inte ta in allt för ögonblicket.

Närmar mig platsen, ser ett antal poliser, också militärer. Med tanke på hur många som befunnit sig i Moskvas centrala delar det senaste dygnet är jag inte förvånad över hur snabbt de var på plats. Framme vid något som en gång var en fin bil, framme vid resterna av två människokroppar som med all säkerhet en gång var mina föräldrar. Försöker komma närmare när en militärklädd man stoppar mig.

– Det var min fars bil, även mamma fanns med i bilen. Jag är nästan säker.

– Ni ska få tala med ansvarig polis, ett ögonblick. Hur var namnet?

– Mitt namn är Petrov Gasponi, mina föräldrar hette Alexander och Olga Gasponi.

– Menar ni den Alexander Gasponi?

– Ja.

– Ett ögonblick herr Gasponi.

Den grönklädda mannen gick bort till en man som förmodligen är högsta befäl på platsen för morden. Visst ska en mordutredning initieras, inte en chans att det finns en naturlig förklaring till en så kraftig explosion. Så ser jag på händelsen.

– Herr Gasponi?

– Mitt namn är Petrov Gasponi och är ganska säker på att mina föräldrar mördades i explosionen.

– Ni använder ordet mördade.

– Ja, kan ni finna någon naturlig förklaring till det här?

– Ni verkar ganska övertygad.

– Ja.

– Ni antyder att båda föräldrarna fanns i bilen.

– Jag stod uppe i vår lägenhet och tittade ut genom fönstret när båda var på väg fram till bilen. Såg däremot inte själva explosionen.

– Jag beklagar er stora förlust herr Gasponi, vill ni vara vänlig och skriva ned era kontaktuppgifter här tack.

– Så gärna.

Mannen räckte över en mindre anteckningsbok med svart omslag, stumpen till penna låg väl dold i bokens inre.

– Tack, vi kontaktar er inom kort.

– Ser fram emot kontakten.

Jag gick direkt upp till lägenheten, dörren stod på vid gavel.

Funderade ett kort ögonblick över om jag verkligen lämnat den så, nåväl det fanns ingen person på dess insida vilket ändå indikerar på att jag lämnat den så, inte omöjligt i sig med tanke på situationen jag befann mig i.

Vår lägenhet, till skillnad från min fars våning tillhandahöll enbart ett mindre barskåp, dess inre erbjöd ändå en flaska av det tyngre artilleriet, en flaska studentdricka som pappa kallade whiskyn. Fyllde glaset till hälften, svepte drycken utan att ta glaset från munnen, ärligt talat tyckte jag innehållet smakade fan, i nuläget var jag absolut inte ute efter findricka.

Morgonen därpå knackar det på dörren samtidigt som jag hällde upp andra koppen kaffe. Kroppen hade med stor tacksamhet tagit emot koffeinet från den första, bakfyllan kändes lika tung som förlusten efter min mamma, till viss del också pappa ska erkännas.

Önskade trots allt inte livet ur honom via en bilbomb, även om jag vid flertalet tillfällen skickat honom tankar runt en snar hädanfärd. Använde dörrens titthål för första gången, anade en civilklädd polis utanför.

– Herr Gasponi, Petrov Gasponi?

– Ni har kommit rätt, välkommen in.

– Mitt namn är kriminalkommissarie Adrik Volkov, tack för att ni tar emot.

– Jag dricker precis kaffe, vill ni ha en kopp?

– Tack för frågan, måste ändå tacka nej, det blir för många koppar under ett arbetspass annars. Låt inte mig störa. Kan jag ställa några frågor under tiden?

– Visst, varsågod.

– Vad jag förstod av min kollega så är ni övertygad om att explosionen var ett regelrätt mord på dina föräldrar.

– Med hundraprocentig säkerhet, vad tror ni?

– Er teori verkar hålla herr Gasponi.

– Petrov räcker.

– Tack herr Gasp…, Petrov. Då kanske ni också har någon uppfattning om vem, eller vilka som skulle kunna ligga bakom dådet?

– Dessvärre inte. Min pappa var en mäktig affärsman, spelar man i den divisionen skaffar man sig fiender längs vägen och per automatik. Jag kan däremot inte peka ut någon, eller några. Att mamma var med i bilen var däremot en ren tillfällighet, de skulle skiljas, Alexander bodde själv i sin lägenhet. Mamma och jag här sedan en kort tid tillbaka. Pappa hade besökt mig före dådet för att berätta att han skrivit in mig som arvtagare till sitt, ska vi säga affärsimperium. Mamma skulle bara åka med honom till köpcentrat, hon var inte en del av målet om jag får uttrycka mig så.

– Ni har bilden klar för er Petrov. Jag blir lite förvånad över att ni inte har en aning om vem, eller vilka som skulle kunna ligga bakom dådet.

– Spekulationer ligger inte för mig kommissarien, hade jag vetat så hade ni också gjort så.

– Tack för er information, jo nu höll jag på att glömma något. Känns den här nyckelknippan igen?

– Den är pappas, var hittade ni den?

– I en liten del av bilens tak, varsågod.

– Tack, nu blir en del praktiska saker något enklare.

– En sista fråga, tillåter ni att vi får ta något från vardera förälderns tillhörigheter som kan hjälpa oss att DNA-bestämma kroppsdelar från det som vi misstänker är dina föräldrar. Exempelvis hårstrån, eller något liknande?

– Visst, följ med mig.

När vi tillsammans hittat vad mannen sökt tackade han för sig, följde honom till dörren, gick därefter till kylskåpet, tog fram en flaska vitt vin, hällde upp.

Drack glaset lite för häftigt, hällde upp på nytt, satte mig i den nyinköpta soffan och lutade mig tillbaka. Hörde mig själv uttala orden.

– Ni ska få betala med era liv förbannade mutkolvar. På ett, eller annat sätt ska jag komma åt er.

Kapitel 15

Presidentpalatset Kreml

Två dagar efter dådet ringer mobilen.

– Petrov.

– Det här är President Vladim Putnip, jag ber att få beklaga er enorma förlust herr Gasponi.

Några sekunder passerade innan orden sjunkit in, detta till trots att vi mötts en gång tidigare.

– Herr president, jag tackar för deltagandet som ni visar mig.

– Herr Gasponi, en önskan från min sida är att vi möts och undrar därför om ni har möjlighet att besöka mig här i Kreml?

Herre gud vad säger han, besöka honom i Kreml? Funderade över hur många privatpersoner som sett den byggnaden från insidan, inte många.

– En sådan inbjudan måste jag givetvis tacka ja till herr president.

– Passar det om en bil hämtar upp er imorgon klockan tretton?

– Då ska jag vara på plats utanför huset.

– Ursäkta, jag tycker att ni ska vänta innanför husets entré tills vi har en klarare bild över situationen, någon kommer att vara diskret stationerad utanför ert hem fram till avhämtning.

– Ber att få tacka för omtanken herr president.

– Då ses vi imorgon, välkommen då.

– Tack herr president.

Under kvällen gick tankarna till vad som hänt, framförallt till min älskade mor, vi som planerat för en fin framtid i vårt gemensamma sagoland Sverige, så skulle det inte bli. Trots allt fick föräldrarna sina sista ögonblick i livet tillsammans, något av en paradox. Allt är inte som något ser ut, eller rent av verkar.

I livets sista stund kom de närmare varandra än de varit under stor del av min levnad. Min känsla är att pappa var fylld av ånger, ville ställa allt till rätta, också att mamma var beredd att förlåta, tanken känns stor i all sorg. Höjde vinglaset till en skål mot föräldrarnas bröllopsfoto som jag hängt upp på en av vardagsrummets väggar, tårar tog plats nedför mina kinder.

– Jag älskar och saknar er båda oerhört mycket, bara så att ni vet. Jag höjer min skål till ert minne.

Tårkanalerna är för ögonblicket vidöppna, skjortans övre del är inom kort fläckvis mörkare än den nedre.

Fem minuter före utsatt tid stod jag innanför den stora entrédörren till vårt hus, tanken hade absolut inte slagit mig att även jag skulle kunna vara ett tilltänkt offer för mutkolvarna. Varför inte, där hade Putnip tänkt längre?

Såg en svart större vagn stanna till precis utanför porten, två mörkklädda män lämnar bilen, mannen som kliver ur på min sida lämnar främre dörren öppen, den andra stannar vid bilens baklucka. Jag går ut.

– Petrov Gasponi?

– Ja.

– Varsågod och ta plats.

Femton minuter senare går vi tillsammans in i palatsets allra heligaste, tänk att någon form av byggnad, eller fästning har funnits här sedan något efter Jesu tid. Helt fantastiskt. Ser en kraftig båge något framför mig, antar att den avslöjar föremål av metall, hinner precis tänka tanken när frågan kommer.

– Herr Gasponi, om ni har några föremål av metall på er, var vänlig och lägg dem i lådan.

Lämnade över mobil, livrem och klocka. Passerade via bågen, en lampa med grönt sken tändes till höger om mig.

Tömde den blå lådan av plast igen, en av säkerhetsmännen kom fram till mig och bad om mobilen, givetvis för att jag inte skulle kunna spela in dagens samtal. Vi gick vidare till nästa sal.

Två guldförgyllda och gigantiska dörrar öppnas, mannen från Zatska två kommer gående emot mig i egen hög person.

– Välkommen till Kreml Petrov Gasponi.

– Tack herr president, vet inte hur jag ska förhålla mig till denna historiska byggnad, den går inte att beskriva med ord, mina sinnen jobbar för högtryck, ändå får inte intrycken plats i mitt inre.

– Vackert uttryckt herr Gasponi, undrar om någon uttryckt det vackrare någonsin. Ni är välkommen att följa mig.

– Tack herr president.

Vi passerade genom ett antal salar som är omöjliga att beskriva, utsmyckningarna var minst sagt överdådiga och av historiska mått ofattbara.

Framför de oerhört utsirade dörrarna till nästa sal stod två kvinnor i givakt med hårt pressade handdukar hängande över högra armen.

De sökte absolut inte ögonkontakt, blickarna var mer åt det frusna hållet. Det var förmodligen servitriserna till dagens måltid, nu även tjänstgörande som dörröppnare. Ett bord som vanligtvis dukas till trettio personer var nu dukat för två, Putnip och jag var placerade mittemot varandra vid bordets bortre ände, den ena servitrisen lotsade mig, den andra presidenten. Stolar drogs ut och sköts in. Våra blickar möttes. Putnip tog ögonkont med en av de två säkerhetsmännen som stod några meter bakom honom.

– Tack, ni kan lämna oss nu.

De båda männen nickade mot presidenten, utan att säga ett ord lämnade de oss, samtidigt serverades en soppa till förrätt, härefter lämnade även de båda kvinnorna salen.

– Petrov, under vårt samtal föreslår jag att vi lägger bort titlarna, vi titulerar varandra med ni. Känns det bra?

– Absolut, något overkligt ändå.

– Bra, då fortsätter vi så. Mina djupaste kondoleanser för er enorma förlust av mamma och pappa, där börjar vi.

– De mottages av största tacksamhet.

– Jag går rakt på sak, har ni någon känsla av vilka som skulle kunna ligga bakom dådet, att det handlar om mer än en persons verk är nog så tydligt.

Funderade över hur svaret skulle formuleras, om sanningen skulle lindas in i bomull, eller inte. Beslutade mig för inte.

– Mutkolvarna ligger bakom, om ni inte känner till några andra?

– Vilka är mutkolvarna Petrov? Ge mig namn.

Noterade att presidenten inte svarade på frågan om han eventuellt skulle känna till något annat spår.

– Mativev och hans tre underhuggare. Min far kallade dem själv för mutkolvar vid ett tillfälle utan att specifikt nämna en viss affär. Männen har varit på så kallade affärsmiddagar hos oss vid några tillfällen.

– Vet ni att det var affärsmiddagar?

– Det är en slutsats. Kvinnorna och min person inkluderad, fick vid tillfällena lämna rummet efter avslutad dessert, ingen kan ta ifrån mig känslan om att det var middagar där mutor diskuterades. Oljeriggarna är ett exempel där min far berättade om hur viktig mutan var för att kunna göra affärer på den nivån.

– Förstår, hur tänker ni om jag säger att de i undersökningen aktuella männen satt i säkert förvar när dådet genomfördes, dessutom utan möjlighet att kommunicera med omvärlden?

– Dådet planerades tidigare, mutkolvarna hade redan satt ett pris på fars huvud efter det att deras så kallade vinst begränsats, ursäkta mig om jag talar klarspråk.

– Det uppskattas, ni menar efter det att jag erbjöd din far ett förmånligare lån?

– Ja.

– Skulle männen inte satt ett pris på mitt huvud istället?

– Det ena utesluter inte det andra, om ni ursäktar min frispråkighet.

– Med andra ord, mutkolvarna som ni väljer att kalla dem, skulle också vara benägna att konspirera mot presidentskapet?

– Ja.

– Intressant, rent av en trolig tanke. Ni har en skarp hjärna unge man, mycket skarp.

– Tack för er komplimang. Så ser min helhetsbild ut och jag tror den stämmer till stora delar.

– Ni har med all säkerhet rätt. Följande får absolut inte yppas utanför denna historiska byggnad.

– Mina läppar är från och med nu förseglade.

– Bra. Det finns starka indikationer på att din teori stämmer fullt ut. Männen sitter i säkert förvar som tidigare nämnts av just den anledningen, de har konspirerat mot statsmakten, ett antal bevis finns. Tack för att ni är så tydlig i dialogen med mig.

– För all del, gäller hotbilden även mig?

– Möjligtvis, men troligtvis inte, ni kommer att ha visst skydd under den närmaste tiden utan att märka något som jag antydde tidigare.

– Tack, så vänligt av er. Soppan var helt fantastisk.

Varmrätten bestod av hjortkött, sötpotatis och ett antal grönsaker. Det röda vinet passade bra även till huvudrätten, servitriserna försvann lika ljudlöst som de kommit.

– Om ni ursäktar, jag känner stort behov av hämnd mot männen, enbart för min älskade mammas del. Hon har aldrig funnits i närheten av fars affärer. Hennes närvaro var en tillfällighet.

Berättade detaljerat hur allt förhöll sig mellan föräldrarna, även att de var på väg att skiljas, också hur jag uppfattat situationen innan de mötte döden tillsammans.

– Om ni tänker efter, finns det ytterligare någon, eller några som skulle kunna vara kapabla att konspirera mot staten, eller mig personligen?

– Varken namn, eller ansikten kommer upp för mitt inre.

– En sista fråga, känner du till Mativevs övriga familj?

– Nej.

– Tack för svaren. Vad tycker ni om varmrätten, är inte hjortkött himmelskt gott?

– Önskar att både kocken och råvarorna fanns i mitt kök några gånger i veckan.

Presidenten bjöd på ett kort, men hjärtligt skratt.

– Petrov, oavsett allt som hänt dig och din familj så vill staten erbjuda dig den hjälp du kan behöva framöver, först en fråga.
Kommer du att ta över och driva din pappas imperium, eller sälja?

– Sälja.

– Ett lika kort som tydligt svar, kan du hantera en så stor affär själv, eller kommer du att behöva hjälp i någon form?

– Jag kommer att behöva professionell hjälp i flera led.

– Får jag ge dig något råd, också ett erbjudande?

– Gärna.

– Bra tänkt unge man. Anlita en av din fars affärsjurister, där börjar allt. Du måste få ett värde på imperiet, vill du ha hjälp med att hitta köpare så kan jag och min stab vara behjälpliga, du garanteras full diskretion och ärlighet från min sida vilket jag hoppas att du förstår.

– Jag litar på er och tar tacksamt emot den hjälp som erbjuds vad gäller att hitta köpare. Förstår att de finns, men antalet som har de ekonomiska möjligheterna lär vara begränsade.

– Tack, ni är verkligen en klok ung man.

– Tack själv herr president.

Den här gången var skrattet inte återhållsamt från den mäktige mannen, våra blickar möttes medan tårarna trillade nedför våra kinder.

– En sak till, när min fars imperium är sålt önskar bolaget snarast få betala tillbaka den summa som staten hade vänligheten att låna ut till min far. Uttryckte jag mig korrekt?

– Med största diplomati Petrov, tack.

– Ett stort tack till er herr president, jag menar varje ord av de som uttalats under vårt samtal.

– Önskar ni dessert?

– Hur ska jag kunna tacka nej?

– Bra, då tänker vi lika även där. Innan ni lämnar palatset kommer ni att få en kontaktväg till min administration, vid behov väljer du den vägen. När behov finns från min sida att kontakta er så vet jag var ni finns.

– Tack återigen.

– Ett stort tack själv, tänk om jag fått glädjen att möta någon som dig en gång i månaden, nu händer det några gånger om året.

– Svaret får utebli, ett stort tack herr president.

När vi passerat metalldetektorn på vår väg ut stannar den kostymklädda mannen, vänder sig emot mig.

– Hur är minnet herr Gasponi?

– Skulle nog säga att minnet är bra herrn.

– Bra, då memorerar ni följande vilken är kontaktvägen till president Putnips administration, glöm inte och framförallt, tala aldrig någonsin om den. Här gäller högsta klassningen när vi talar om sekretess. Är vi överens herr Petrov Gasponi?

– Helt överens herrn.

En tid efter besöket på Kreml fick jag besök av en administrativ chef inom polisen som meddelade att det troligtvis var mamma och pappa som omkommit i explosionen, en första DNA-analys visar så, inga inslag av annat DNA. Ytterligare ett test ska göras som meddelas om någon vecka.

Kapitel 16

Mutkolvarna

Dagen efter besöket på Kreml tog jag en promenad in till köpcentret, samma handelsområde som mamma skulle få skjuts till av pappa, ett antal varor skulle inhandlas för min överlevnad. Moskva bjöd på strålande solsken, det var absolut vindstilla, försommaren var i antågande och månaden var juni. Något innan köpcentret passerar jag ett konditori av klass, vid några tillfällen har fiket besökts tillsammans med någon tillfällig flickvän. Framme vid- och innanför fikets sista fönster sitter tre kvinnor som verkar vara mitt uppe i en konversation, en av dem fångar min uppmärksamhet. Kvinnan verkar vara i min ålder på ett ungefär, hon är blond. Våra blickar möts för någon sekund, inte mer, ändå fanns något där som fångade mig, vilken oerhört vacker kvinna. Något säger mig att även den blonda kvinnan fann något i det hon såg.

Bestämmer mig för att vända om och gå in, har gud skickat mig en ängel så har han, om inte får jag ändå lite gott kaffe.

Beställer kaffe och äppelkaka, har sedan barnsben älskat detta underbara bakverk.

– Kan jag få lite vaniljsås till?

– Så gärna min herre, något annat?

– Tack, bra så.

Betalade, gick bort mot min blonda blixtförälskelse, nej så var det givetvis inte, trots allt fångade kvinnan min uppmärksamhet, nu vill jag verkligen se henne igen. Gissade att hennes namn var Olga precis som min mor, anar att mamma varit lika vacker i sin ungdom, egentligen vet jag eftersom albumet innehöll fotografier på henne från tiden. Bordet diagonalt sett från kvinnorna var ledigt med plats för två, tog plats på stolen som gav mig möjlighet att åter få se hennes vackra ansikte.

 "Olga" nickade artigt ögonblicket innan min bakre del sökte sin plats, nickade tillbaka och skickade för säkerhets skull med ett brett leende.

Smakade på koppens svarta innehåll, intog spetsen av den bakelseformade kakan, njöt fullt ut. Efter en stund vågade jag lyfta blicken på nytt, sökte hennes vackra ansikte, "Olga" möter åter min blick. Anar rodnaden över mitt ansikte, hon ler. Antar att jag har avslöjat mig, givetvis ser hon att jag är såld, helt förlorad i hennes blåa ögon. Hon lät väninnorna prata på utan att visa minsta intresse av samtalet, "Olga" släppte mig inte med blicken. Hon uttalar några ord till väninnorna, reser på sig och kommer fram till mitt bord.

– Ursäkta mig, har vi träffats tidigare?

För någon sekund ställer jag mig frågan, kunde inte på något vis dra mig till minnes att så varit fallet.

– Om jag sett ett så oerhört vackert ansikte tidigare är jag helt övertygad om att jag skulle ha svarat ja på din fråga. Däremot är glädjen desto större att få se dig idag. Mitt namn är Petrov, får jag bjuda på något?

– Mitt namn är Olga, väninnorna undrar nog om vi går vidare, idag i vart fall.

Räddningen var att jag redan satt ned, annars skulle vårt första möte fått en annan utgång. Olga, är det verkligen sant?

– Skulle du kunna tänka dig att dricka en kopp kaffe med mig någon annan dag skulle det verkligen glädja mig?

– Absolut, väldigt gärna. När i tiden tänker ni er Petrov…?

Olga sökte mitt efternamn, sekunderna gick medan hjärnan letade efter svar som inte innehöll Gasponi.

– Gasponi.

Olga stannade kvar i tystnadens rum för ett ögonblick, givetvis hade hon tagit del av alla löpsedlar och tidningsrubriker.

– Ursäkta Petrov, explosionen. Gällde reportaget dina släktingar, eller rent av några i din familj?

– Mina föräldrar.

– Jag är så oerhört ledsen för din skull, också att frågan ställdes av mig. Godtar du min ursäkt Petrov?

– Hur skulle du kunna veta? Jag kan när som helst, välj en tid som passar dig.

– Idag är det torsdag, vill du träffa mig redan imorgon?

– Helst i eftermiddag, skojar lite, imorgon blir bra. Välj tid.

– Klockan två?

– Här klockan två, jag ser verkligen fram emot morgondagen.

– Detsamma, så trevligt.

– Om du bara visste hur jag längtar, ser att väninnorna sitter med stora ögon nu.

– Du skulle bara veta vad jag sa till dem.

– Ser fram emot att få ta del av din sanning.

– Hej då Petrov.

– Hej då Olga.

Hur fan gick det här till? Döper en kvinna till Olga som jag aldrig någonsin sett tidigare, något senare är vi presenterade och kvinnan bär faktiskt min mors namn. Jag blir också riktigt betuttad i henne, Olga kanske något i mig, vi bokar in en date till kommande dag. Oddsen för att detta ska inträffa lär vara ganska låga, jävlar vad jag längtar efter henne.

Vaknade åter till ett soligt Moskva, såg spirorna vid Röda torget i horisontens vågräta linje. Kaffebryggaren pratade på för fullt, tystnade efter en stund, under tiden hade en skiva skurits från det formbakade brödet. Ost och marmelad bredde ut sig över skivan, skapelsen tog plats på assietten, kaffekoppen något bredvid. Ett knapptryck och radions högtalare släppte morgonens nyheter. En bil med fyra personer hade kört igenom ett broräcke och hamnat i en mindre flod, samtliga omkom i olyckan. Orsaken är oklar.

Med snabba steg tog jag mig till dörrens brevinkast, fattade ett fast tag om tidningen som precis orkat igenom inkastet av metall. Dagens tidning var dubbelvikt, det förklarade problemet med att få den genom det långsmala utrymmet.

Vek snabbt ut paketet av tunnaste papper, med fet rubrik stod att läsa, "Fyra statliga tjänstemän dödsstörtade i vattendrag".

Läste snabbt vidare då jag redan dragit egna slutsatser om olyckan. Samtidigt fick jag inte ihop händelsen med mutkolvarna, om reportaget nu handlade om dem. De satt i säkert förvar enligt Putnip.

Männens stora bil hade krossat ett broräcke, störtat ned i ett vattendrag där samtliga hade omkommit. Alla satt fastspända i sina bälten när räddningspersonal kom till platsen. Mannen som kört bilen hade en extremt hög promillehalt i kroppen meddelar polisen, i bilen fanns också ett stort antal spritflaskor, samtliga var urdruckna.

Inga namn, allt pekar ändå på att mutkolvarna fick betala priset till slut. Att spekulera i vem, eller vilka som ligger bakom känns överflödigt, visst hade bilen fått hjälp i passagen genom broräcket. Inom mig passerade en rysning, ett stort mått av belåtenhet infinner sig i ögonblicket. Öga för öga, tand för tand enligt Mose lag.

Klockan visade att jag låg en aning illa till i tidsschemat, får absolut inte missa tiden med Olga, hur skulle det se ut? Snabbdusch, på med de nyinköpta kläderna och lite "lukta gott" på kinderna. Visst skulle jag även ha satsat på nya skor, nuvarande är inte snygga, men så jävla sköna. Mitt yttre får helt enkelt duga, ser ändå hyfsat proper ut. Sträckan till fiket är inte lång, egentligen på skönt promenadavstånd, chansar inte utan vinkar in en taxi. Stunden senare kliver jag ur taxin och betalar. Tittar mig omkring för att se om Olga valt att vänta utanför, ingen Olga här, en snabbtitt på klockan visar att tiden trots allt är på min sida.

Går in, kikar bort mot bordet som skänkte mig så mycket magi vid förra tillfället, där sitter hon väntande, på min stol till och med.

– Hej Olga, jag är så glad att få träffa dig igen. Så fin du är.

– Tack snälla Petrov, du är också fin. Själv känner jag mig inte direkt så, du får ursäkta mig. Min pappa är död.

Min person var fortfarande i stående ställning mitt emot kvinnan, tar ett steg fram mot henne för att visa deltagande genom en kram, rent av en klapp på kinden. Kvinnan reser sig upp, visar därmed att hon är beredd att ta emot mig. Hon fanns i mina armar för en god stund, så skönt ögonblicket var.

– Jag är oerhört ledsen för din skull och beklagar djupt olyckan som drabbat dig, givetvis också din övriga familj. Så djupt tragiskt Olga.

– Det borde vara så, men det fanns aldrig några riktiga faderskänslor för honom från min sida. Tyvärr ska tilläggas. Däremot har tvärtomkänslorna varit desto fler, under större delen av mitt vuxna liv har hatkänslorna stått högt upp på agendan. Oavsett dessa skulle jag aldrig önska livet ur honom, definitivt inte på det här viset.

– Hårda ord om fadern som precis har gått bort. Hur dog han?

– Bilolyckan var huvudnyheten i dagens tidning, han var tydligen den som körde, normalt sett hade han alltid privatchaufför vilket känns märkligt.

– Menar du bilen med männen som körde genom ett broräcke och ned i ett vattendrag?

– Han och tre andra män.

Ögonblicket tidigare hade vi tagit plats i våra stolar, som tur var ska tilläggas.

Kände hur mellangärdet började krampa och dra ihop sig, inte nog med att mina föräldrar dog på grund av mig, nu var även Olgas pappa borta. Visst hade jag önskat mutkolven till andra sidan, men inte att han skulle vara Olgas pappa. Visst måste det vara Mativevs dotter som sitter mitt emot mig, kände ett visst mått av skuld mot kvinnan, däremot inte mot fadern.

– Vad jobbade din pappa med?

– Han var politiker, har du hört talas om Jarkko Mativev?

– Visst, han har varit gäst vid middagsbordet i mitt hem. Pappa och han hade någon form av kontakt i samband med införlivandet av några oljekällor i Barents hav. Jag tror allt handlade om något tillstånd.

– Tala om tillfälligheter. Här sitter vi, har aldrig tidigare mötts och våra föräldrar dör i olika olyckor. Märkligt, tycker du inte?

– Mycket till och med, bestämde mig ganska tidigt för att släppa taget, omständigheterna runt bomben som dödade mina föräldrar lär aldrig få se dagens ljus, därmed kommer inte heller namnen på de som ligger bakom att bli kända. Personer som gör affärer av den här storleken räknar med fiender längs vägen, kanske inte så starka som i det här fallet. Min relation till pappa påminner starkt om din, däremot älskade jag mamma oerhört mycket. Det var också en tillfällighet att hon var med i bilen vid explosionen, tanken var att de skulle skiljas. Mamma och jag hade planer på att flytta till Sverige.

– Sverige, hur kommer det sig?

– Min mors morföräldrar kommer ursprungligen därifrån, nu hänger precis allt i luften. Bor din mamma här i Moskva?

– Hon gick bort för två år sedan, tog livet av sig.

– Beklagar, den typen av händelser lämnar givetvis djupa sår efter sig, vill du prata om händelsen?

– Mamma tömde en burk sömntabletter och en halv flaska vodka, därefter tog hon plats på pappas säng utan att skriva ned ett enda ord om varför, många frågor lämnades öppna. Allt på grund av livet med min far vilket är min tolkning, varför annars lägga sig i hans säng? Så valde jag att tolka handlingen.

– Tråkigt att höra. Nu sitter vi här, två föräldralösa ungdomar som förlorat föräldrarna genom ond bråd död. Vad ska vi göra med våra liv?

Olga skrattar hejdlöst, tar servetten från det annars helt tomma bordet och stryker den under ögonen.

– Ursäkta Petrov, nu jagar jag mascaran.

Nu blev det min tur att komma till skratt.

– Ska vi inte beställa något tycker du?

– Eller ska vi gå hem till mig, vår våning ligger bara ett stenkast härifrån?

– Gärna, tack så mycket för att du bjuder in mig till ditt hem Olga.

– Det gör jag gärna.

Kapitel 17

Bankfack

Olga hade benämnt lägenheten som våning vilket inte var någon som helst överdrift, i stort påminde den om mitt tidigare hem, Alexanders våning. Olgas var ljusare, något äldre och med höga fönster i varje rum, därav ljusinsläppet. Till ytan skiljde sig inte våningarna nämnvärt åt, möbleringen var mer i klassisk stil, pappas var möblerad med möbler från flera tidsepoker där varje rum representerade en.

– Så fantastiskt fint ditt hem är, jag älskar de höga fönstren och vilket underbart ljusinsläpp.

– Så kul att du tycker om den, kaffe, the eller något starkt?

– Bjuder du på kaffe och macka så bjuder jag på något starkt hemma hos mig. Vad säger du?

– Perfekt, vill du hjälpa till?

– Så gärna.

Gick förbi bröllopsfotot av Olgas föräldrar, kände direkt igen mutkolven även om många liter vatten runnit under Moskvas broar sedan fotot togs. Olga noterade min granskande blick.

– Mina föräldrars bröllopsfoto som du säkert förstår, du kanske känner igen pappa?

– Vi möttes helt kort vid ett tillfälle, svaret på din fråga blir nej.

– Det är också länge sedan fotot togs.

Stunden senare satt vi bredvid varandra i en väl tilltagen soffa, avståndet till Olga var egentligen inget avstånd. Hon hade tagit plats något efter mig och sjunkit ned tätt vid min sida.

– Sitter jag för nära Petrov?

– Egentligen tycker jag att du sitter alldeles för långt bort.

Nu fick vi till det, vårt gemensamma skratt var något förlösande i situationen.

– Du är härlig Petrov, du släpper verkligen värme ifrån dig.

– Tack, men vad menar du med att jag släpper värme?

Gissa om Olga skrattade, nu ryker mascaran all världens väg.

– Petrov, mitt smink är snart slut.

– Lovar att tänka på det. Nu längtar jag efter kaffe och macka.

– Verkligen och vet du vad, jag är jättesugen.

Nu började Olgas kropp skaka igen, hon letade efter min blick, på nytt rann tårarna utmed hennes vackra kinder. Kvinnan strök ena handens fingrar genom sitt blonda hår.

– Olga, vilken tur att jag inte använder smink.

Timmen passerade snabbt, jag föreslog att vi skulle gå till mammas och min lägenhet, det är inte någon våning direkt, men väl ett fint hem. Något senare placerades nyckeln i dörrens lås.

– Tack för att du bjuder in mig till ditt och din mammas hem Petrov, så fint allt är. Nu blev det lite fel, ursäkta mig.

– Med tanke på vad vi har gått igenom kan vi inte tänka på allt i alla situationer, du behöver verkligen inte be om ursäkt.

– Tack, du förstår. Var det här pappa var på besök?

– Nej han besökte oss i våningen, då bodde vi alla tillsammans, vi kan gå dit och ta ett glas vin om du vill. Den ligger inte så långt bort.

– Om du vill?

– Absolut.

Det var en ljummig eftermiddag i Moskva, kyrktornets timvisare pekade på fem och allt kändes riktigt fint, någon hade stuckit sin arm på insidan om min. Hon är tuff och framåt Olga. Tänkte faktiskt tanken, min Olga.

– Mår du bra Petrov?

– Oförskämt bra.

– Så bra min vän.

Nog är vi vänner alltid, har fortfarande svårt att ta in allt som hänt oss på det personliga planet och på något märkligt sätt förenat oss båda på den korta tid vi känt varandra.

– Här ska vi gå in Olga, den här porten har mött mig under större delen av min uppväxt.

– Så fint och välordnat allt är, huset är så vackert.

Stunden senare hade vi kommit fram till våningens entré.

– Välkommen till mitt hem, så känns våningen fortfarande. Du kan säkert tänka dig in i hur allt kändes när mamma och jag lämnade vår bostad.

– Tack Petrov, får jag fråga varför ni lämnade allt?

– Pappa har varit en despot under hela min uppväxt, han misshandlade återkommande både mig och mamma. Till slut golvade jag honom, hade vi valt att bo kvar vet jag inte hur det hela skulle ha slutat. Trots allt som hänt fanns ett mått av ånger hos honom den dagen mamma valde att åka med in till köpcentrat. Pappa hade ställt frågan om hon ville åka med vilket han inte gjort så länge jag minns.

– Tråkigt att höra.

– Som jag sa till dig tidigare, allt ligger bakom mig nu.

– Den känslan finns hos mig också, det som har varit kan inte påverkas, fokusera framåt. Framtiden kan däremot påverkas till stor del, varje vuxen människa har ett ansvar för just sitt liv.

– Precis så.

Våra blickar möttes, den vackra kvinnan log en aning, lutade sig mot mig och kramade min arm.

– Så oerhört vackert ditt hem är, allt verkar vara så genomtänkt.

– Tack Olga, du får gärna titta dig omkring, vad vill du helst dricka?

– Vad dricker du själv?

– Gärna vin, även Whisky vilket jag väljer nu.

– Då tar jag också Whisky.

– Trevligt.

Hällde upp två rejäla med is, Olga står vid fönstret där allt började för en tid sedan, på dess utsida hade jag gjort inspelningen vilken ledde till pakten mellan mig och mamma.

– Här har pappa varit vad jag förstår.

– Ja, han satt på den här stolen om jag minns rätt.

Och där satt han även när cigarrens aska satte eld på mammas fina linneduk varpå din pappa bestämde sig för att släckte elden med ett halvt glas vitt vin. Tanken kom över mig, men stannade lyckligtvis där. Dottern hade givetvis inte med saken att göra.

– En helt overklig känsla, precis här satt han för en tid sedan.

– Förstår vad du menar. Varsågod här kommer kyparen med ett glas mungott. Skål Olga.

– Tack så mycket kyparen, skål för oss.

Kvinnans läppar smeker glasets kant samtidigt som hon försiktigt lyfter blicken mot mig. Läppstiftet lämnar ett vackert avtryck.

Där slutade försiktigheten, hälften av glasets svagt brunfärgade innehåll försvann direkt. Bestämde mig för att busa lite, tog mitt i två klunkar. Nästan lite äckligt, men ändå.

– Så gjorde vi på universitetet.

– Din rackare, tyckte själv att jag var duktig.

I nästa sekund var även hennes glas tömt. Efter ett gott skratt föll vi tillbaka till allvaret igen.

– Petrov, hur tänker du göra med allt det praktiska?

– En affärsjurist får värdera oljekällorna, därefter ska jag hitta en köpare vilket borde vara ganska lätt. Sälja av lägenheterna inklusive lösöret, därefter köpa nytt boende efter mitt tycke och smak.

– Hur kommer du att göra med tankarna om Sverige?

– Det var min och mammas dröm, känns som om spåret är inaktuellt, i vart fall för stunden. Behåller nog den lilla lägenheten ett tag medan allt klarnar.

– Hur tänker du själv Olga? Du sitter i en liknande sits.

– Inte affärsmässigt, men våningen tänker jag sälja efter det att jag har bringat klarhet i vad pappa har lämnat efter sig.

Tänkte för mig själv att Olga kan få svårt att hitta pengarna på Caymanöarna, får fundera över hur jag kan lotsa henne dit.

– Här måste du lyfta på varje sten, då menar jag varje sten, det är lika för mig.

– Bra Petrov, du kanske kan hjälpa mig, tror nog att du har mer erfarenhet än vad jag har.

– Vi kan hjälpa varandra.

– Tack min vän.

– Kan du tänka dig att våra livstrådar korsades för enbart någon dag sedan?

– Overkligt, jag kan inte riktigt ta in allt. Tänk att något så bra kunde komma ut ur all död, ur all jävelskap rent ut sagt.

– Jag fick se dig genom fikets stora fönster, hade jag tittat åt vänster någon sekund senare hade jag missat dig, nu blev resultatet det motsatta. Olga, jag gick in enbart för din skull.

– Var det så?

– Precis så. Kommer du ihåg att våra blickar möttes genom fönstret?

– Oh ja. När du kom in sa jag till mina kompisar, den killen vill jag träffa.

– Du skojar med mig?

– Absolut inte.

Olga tittade på den svartbrända nyckelknippan som låg på bordet en bit bort.

– Varför är nycklarna så svarta?

– De satt fastbrända i en liten del av taket på pappas bil, på något sätt funderar jag över om det finns någon mening med detta.

– Tänker du på nycklarna till våningen?

Kände hur jag stelnade till, ringen innehöll tre nycklar.

– Visst fan, det finns en nyckel till, vad kan den gå till? Tack älskade vän.

Utan att tänka mig för tog jag Olgas kinder mellan mina händer, pussade henne mitt på munnen. Rusar bort, hämtar nyckelknippan och sätter mig bredvid kvinnan igen.

– Undrar vart den här nyckeln går till?

Olga satt tyst för ett ögonblick, under tiden stirrande på ringen av nycklar.

– Just den nyckeln liknar pappas bankfacksnyckel, faktiskt ser den precis likadan ut, i så fall vet jag var banken ligger.

Nu fick Olga sin andra puss. Hon skrattade gott.

– Har du inte fler nycklar, eller fler obesvarade frågor, kanske någon som är lite svårare och där belöningen är snäppet högre?

– Jo Olga, får jag kyssa dig på riktigt?

– Om du lovar att kyssa mig två gånger.

– Iovar, men bara om du stannar över natten, känner mig något ensam och vilsen för tillfället.

– Då är vi två.

Morgonen infann sig, vaknade ensam efter det att Olga promenerat hem frampå småtimmarna. Vi hade ömsom älskat, ömsom pratat oss genom natten, kände nog att Olga känts tyngre och tyngre i sinnet allt eftersom tiden gick.

Hon överraskade mig stort när hon mer, eller mindre flugit upp ur sängen och sa att hon ville gå hem. Ställde lugnt frågan om hon ville att jag skulle beställa en taxi vilket hon avböjt. Hon hade föreslagit att jag skulle hämta henne utanför våningen klockan elva. Vi skulle tillsammans besöka den bank vars bankfack förmodligen dolde någon form av hemligheter efter våra pappor.

Olga stod väntande utanför sin port, den svagt rosablommiga klänningen slutade en bra bit ovanför hennes knän, i ena handen höll hon en mindre och portföljliknande väska i naturfärgat läder. Så vacker du är kvinna, ändå så oerhört mystiskt.

Hade under morgonen funderat över vad som gjort att hon hastat i väg från min kärlekssäng, fann inte förklaringen och tänkte heller inte söka efter den.

– God morgon Petrov, tack för igår.

– Tack själv, eller ska vi säga för inatt?

Kvinnan skrattade något blygt utan att svara.

– Du får visa vägen eftersom jag inte vet vilken bank som är aktuell, kan enbart gissa att det rör sig om den största, även den finaste.

– Så är det Petrov, den ligger mitt i smeten om jag får uttrycka mig så. Har du med dig handlingar som visar vem du är, resten lär de redan känna till.

– Jag har med mig de handlingar som bör vara aktuella för tillträdet till faderskapets bankfack.

– Faderskapet, ordet är nytt för mig och givetvis tänker även jag på pappa. Kul.

– Ordet, eller benämningen är väl använt av mig, ordet har en smak, rent av avsmak. Det har något av stramhet över sig. Sådan var han fadern, stram och osmaklig i stora stycken.

– Känner att vi delar mycket av det du beskriver.

Vi närmar oss stadens absoluta centrum, här radar landets största företagskomplex upp sig, därmed också de största bankerna vars fasader kostat stor del av tillväxten på det kapital som den lilla och hårt arbetande medborgaren lånat ut mot blygsam ränta.

– Där borta ligger Kedr, fasaden lyser över allt annat på affärsgatans himmel, ser du Petrov?

– Verkar vara omöjligt att missa även med slutna ögon. Här gör grädden av grädden sina bästa bankaffärer förstår jag.

– Ingen aning, kan bara gissa att du har rätt. Låt oss gå in för att ta reda på vad som gömmer sig i våra pappors innersta gömmor.

Tog en gemensam nummerlapp då vi båda önskade tillträde till vad jag tror, bankens nedre regioner och valv. En kvinna i fyrtioårsåldern med en något stram klädstil ropar upp vårt nummer. Hon vänder sig något åt sidan, nu blottar hon en gammaldags hårknut, den var stor och hängde långt ned mot hennes nacke.

– Vi önskar tillträde till våra pappors bankfack, de har båda avlidit helt nyligen och vi är deras arvtagare. I Mapparna finns våra handlingar.

– Herr Petrov Gasponi och fröken är Olga Mativev. Stämmer det?

Vi svarade i korus att så var fallet.

– Ett ögonblick så ska jag bara kontrollera med min chef att allt är i sin ordning, om ni ursäktar tar jag med mig era handlingar.

– Visst, varsågod.

Svarade för Olga också. Minuten senare kom kvinnan tillbaka, nu med en man vid sin sida, kvinnan släpper fram mannen.

– Ursäkta dröjsmålet herr Gasponi och fröken Mativev. Allt verkar vara i sin ordning, givetvis har ni fullt tillträde till bankfacken. Å bankens vägnar ber jag att få beklaga den djupa sorg som ni måste befinna er i för ögonblicket.

Nu var Olga snabbast till kommentaren.

– Tack herrn. Sorgen kan vi nog klara, frågan är om vi fixar att ta oss in i bankfacken som vi trots allt enligt juridiken ska ha full tillgång till. Hoppas verkligen att ni hanterar frågan skyndsamt.

– Absolut, följ mig mitt herrskap, vi ska ta oss en trappa ned.

Blev oerhört förvånad över att vi inte behövde fylla i något papper gällande besöket till bankfacket, mannen halvsprang nedför trapporna, strax möttes vi av en gigantisk gallerdörr av blankaste metall. Bankens man låter den längsta nyckeln i knippan smeka låsets inre, ett metalliskt klickljud tar plats i mina öron, dörren öppnas.

Fyra fåtöljer med klädsel av rödaste sammet stod väntande på kunder något innanför gallergrinden. Bankens man stannade till vid dem.

– Vem i herrskapet ska banken erbjuda sina tjänster till först?

– Varsågod Olga, jag väntar.

– Tack Petrov, jag är så oerhört nervös, men det finns ingen annan väg ut ur det här än att konfrontera sin rädsla.

– Du har rätt, gå nu.

Stunden senare var tjänstemannen tillbaka, bugade något mot mig.

– Herr Gasponi, vänligen följ mig.

Förväntade mig att se Olga någonstans mellan bankfackens alla rader, så var inte fallet.

– Om ni ursäktar herr Gasponi, men vi ska till en helt annan avdelning där de större, för att inte säga de största bankfacken finns.

Min bild av ett bankfack var i storleken tio gånger trettio centimeter, superoligarkens var tjugo gånger femtio där djupen förmodligen var desamma.

Mannen satte nyckeln i låset och vred om, min nyckel placerades i låset något under. Tjänstemannens nyckel gick på retur till kavajens ficka medan min satt kvar.

– Varsågod herr Gasponi, det går bra att ta med sig boxen till något av de lediga rummen här intill.

– Tack.

Tog den anonyme herrens råd till mig, bar den mässingsfärgade lådan till det lilla kubformade utrymmet strax intill. Pustade ut en aning. Lyfter på locket och håller andan. Mina vildaste spekulationer hade infriats, den var i det närmaste fylld av sedelbuntar, inte nya utan väl använda, ändå i buntar av de högsta valörerna. Försökte snabbt göra en överslagsberäkning, den landade på fem miljoner, inte i rubel utan amerikanska dollar.

Plockade snabbt upp plastkassen från köpcentrat där mor skulle gjort sitt sista inköp, fyllde den med sedlarna och knöt till. Placerade denna i ytterligare en kasse, nu av pressad plast från någon semesterresa söderut.

Men vad i helvete gömmer sig under sedelbuntarna? En svart anteckningsbok, tog den något ödmjukt i min hand, vek upp dess första sida och läste ordet som textats högst upp på sidan med blyertspenna, "Skuldebok". Förstod snabbt att boken gått i arv, att faderskapet drivit in sin fars reverser och förmodligen med minimal förlust ska tilläggas.

Pappa Alexander hade nu lämnat över stafettpinnen till mig där jag ska driva in de summor som han lånat ut, men som inte har återbetalats. Tre namn representerade lika många sidor i "Skuldeboken", de hade samtliga miljonlån till faderskapet. I samma sekund som raderna tog plats inför mina ögon fattades beslut om att beloppen ska drivas in och det på samma sätt som jag fått berättat för mig att mina förfäder drivit in.

Ingen pardon till de som inte vill göra rätt för sig, men väl till deras eventuella omgivning.

På vägen ut mötte jag Olga, hon såg fortfarande något tung ut.

– Har det gått bra Olga?

– Hittar bara en jävla massa obegripliga papper. Jo, glömde säga att det fanns en mindre förmögenhet om tiotusen rubel i kontanter. Har ingen anIng om var den jäveln gjorde av sina pengar, ursäkta uttrycket, men nu är jag minst sagt både besviken och förbannad. Hur i helvete kan en man med den positionen dö utblottad, kan du förklara det för mig Petrov?

– Tyvärr inte, hur gärna jag än skulle vilja.

– Men du kan väl hjälpa mig att tolka dokumenten?

– Om jag får ge dig ett råd så innebär rådet att du ska kontakta personen som har hanterat din fars affärer. Namnet hittar du med all säkerhet i någon av handlingarna, stöter du på problem så hjälps vi naturligtvis åt. För min personliga del känns det som om min far har lämnat över ett antal arbetsuppgifter till mig personligen och de måste komma till ett avslut.

– Jag förstår dig Petrov, givetvis måste du ta hand om ditt först. Känn min tacksamhet över att du ändå är beredd att ställa upp för mig vid behov.

Efter att ha ätit en enkel lunch tillsammans föreslog jag att vi skulle dela på oss eftersom namnen i förfädernas "Skuldebok" väntade, men också för att jag inte riktigt visste var Olga fanns i mitt liv. Kvinnan skickade ett antal signaler till mitt hjärta, tyvärr fanns det flera möjligheter att tolka dem.

Kapitel 18

Dasha Volkov

Det var dags att använda den hemliga koden till presidentens administration vilket egentligen inte var någon direkt kod, mer som en signal om att jag önskade komma i kontakt med presidenten, i sig innebar det att jag skulle sätta en liten grön lapp utan text på dörren till entrén. Gjorde så. Jag hade fått ytterligare en kontaktväg som skulle användas efter det att bevakningen av min bostad hade upphört, detta var en traditionell E-postadress, om än en krypterad sådan. Det var den som jag fick memorera vid besöket på Kreml.

 Olga skulle ta kontakt med en begravningsbyrå, vi hade bestämt att försöka koordinera begravningarna så gott vi kunde. Gick till sängs ensam den här kvällen, kändes något ovant då kvinnan valt att stanna hos mig under de senaste två dygnen.

Vaknade följande morgon av att någon ringde på dörrens högljudda klocka. Olga, gud vad jag längtar efter dig, kanske ger du mig en förklaring till de tvetydiga signalerna som kommer från dig.

– Ni ville ha kontakt herr Gasponi.

De två männen var från FSB, jag tror så i vart fall.

– Kom in, får jag bjuda på kaffe?

– Uppdraget tillåter inte detta herrn, vad kan vi hjälpa er med?

– Jag kommer att ta kontakt med en affärsjurist under dagen, senare kommer jag att behöva hjälp med att hitta en intressent till oljekällorna.

– Tack herr Gasponi, vi kontaktar er nästa gång.

– Förstår, tack mina herrar.

Männen lämnade våningen lika snabbt som de kommit. När morgonprocedurerna var avklarade gick jag in till pappas kontor, började leta efter någon form av register för affärskontakter.

Låda efter låda drogs ut och inventerades i faderns lilla, men stilfulla skrivbord, inget av intresse där. Datorn, givetvis har han allt i sin dator. Laptoppen intog skrivbordets mest centrala plats, den var i hopfällt läge, öppnade den och tryckte på knappen för power. Naturligtvis ville den ha ett lösenord, nu måste geniknölarna gå en rond. Far var alldeles för intelligent för att välja ett som skulle vara enkelt att knäcka. Minst åtta tecken, gemener, versaler och siffror är måsten.

Chansar på, "ZATSKA2och3", datorn spelade upp en liten välkomsthälsning. Bingo, jag är inne. Inte dåligt, första försöket, koden skulle vara nästintill omöjlig att knäcka för en icke initierad. Öppnade filen för Excel-dokument, här borde alla hans kontakter finnas. Visst, därutöver en mängd annan information som jag absolut inte förstår, den här megafilen måste tolkas av affärsjuristen, men var finns han, eller hon?

Backade ett steg, hittade en filförteckning, "Vänner", så hette filen. Öppnade och hittade en lista med över nittio namn, affärsjuristerna med olika inriktningar begränsades till åtta. Listan var inte upprättad efter namn i ett alfabetiskt register, utan efter verksamhetsområden, hittade snabbt namnet som hanterade affären Zatska två och tre.

Kvinnan hette Dasha Volkov, googlade snabbt på namnet, firman måste vara en av stadens minsta. Åtta anställda, sex av dem hade högsta examina inom juridik och affärsekonomi. Ingen tid att förlora, ringde direkt numret som faderskapet noterat.

– Dasha Volkov, vad kan jag hjälpa er med?

– Mitt namn är Petrov Gasponi, vad jag förstår har ni hjälpt min pappa tidigare, eller?

– Gasponi, är ni möjligtvis släkt med Alexander?

– Jag är sonen. Min fråga är om ni kan hjälpa mig?

– Visst herrn, när vill ni att vi ska träffas?

– Så snart som möjligt.

– Imorgon bitti klockan åtta, passar det?

– Bra, jag har hittat ett antal filer på pappas dator som är något svårtolkade, ska jag ta med datorn?

– Nej, eller gör det för säkerhets skull. Förmodligen har vi redan all information, men ta med den så får vi gå igenom allt. En sak till, ni måste ta med handlingar som visar att ni har laglig rätt till er fars bolag.

– Då ses vi, tack för samtalet.

Olga ringde på kvällen, hon hade lyckats få tid för våra fäders jordfästningar redan om två veckor.

– Är tiden okey för din del?

– Den passar älskade Olga.

– Så glad jag blir när du säger så, om du bara visste.

– Tror nog att vi båda känner så.

– Jag tror inte, hela min kropp skriker efter dig älskade man.

– Tack, då hyser vi samma typ av känslor, längtar efter dig också goding.

Berättade kort för henne hur min dag varit och att ett möte är inbokat med en av pappas affärsjurister redan under kommande morgon.

Funderade över om jag skulle ställa frågan om det snabba uppbrottet från min säng härom natten, valde att avstå.

– Kan du hjälpa mig att komma in i pappas dator?

– Laptop, eller PC?

– Vad är skillnaden Petrov?

– Den ena kan du fälla ihop, ta under armen och gå, den andra hör mer hemma på ett skrivbord och är inte så lätt att flytta.

– Då är det en PC.

– Jag kommer till dig imorgon efter mötet med juristen, kanske kan vi äta lunch tillsammans?

– Visst, menar du att vi ska äta på restaurang?

– Så hade jag tänkt.

– Trevligt, blir jag rent av hämtad?

– Jag hämtar dig vid tolvsnåret min lilla älskling.

– Lilla, jag tackar.

Nu skrattar hon igen.

– Du vet vad jag tänker på, eller hur?

– Glömmer aldrig.

Något före utsatt tid var vi på plats hos affärsjuristen laptoppen och jag, en av väntrummets röda skinnfåtöljer såg något mjukare ut än de andra tre, valde den.

– Herr Gasponi.

Kvinnan hade obemärkt lyckats ta sig fram till min plats, hon stod alldeles bredvid mig. Hennes yttre berättade att det inte fanns ryskt blod i hennes ådror, hårsvallet var mörkare än svart.

Ögonen talade sitt språk, Asien är med största sannolikhet hennes, eller hennes förfäders hemvist. Så vacker du är kvinna, men vad har du på dig? Hon bar en storblommig klänning som gick halvvägs ned över vaderna, den var långt ifrån så snygg som hennes svagt tonade ansikte. Jag måste väl ändå presentera mig.

– Petrov Gasponi.

– Dasha Volkov, välkommen.

– Tack.

– Får jag bjuda på kaffe, eller the?

– Tack, men jag har bokat in en affärslunch något senare.

– Jag förstår.

Dashas rum var litet, skulle säga ett kontor i något av miniformat. Ett skrivbord med en finare fåtölj i naturfärgat skinn var placerad mittemot affärsjuristens plats, det var vad som rymdes, inget prål överhuvudtaget.

– Först måste jag be om er legitimation och de handlingar som faktiskt visar att ni har juridisk rätt till er fars imperium. Om jag inte minns fel så nämnde jag detta vid vårt tidigare samtal. Känns det bekant herr Gasponi?

– Naturligtvis, varsågod. Mappen ska innehålla allt ni frågar efter.

– Tack. Vill ni att jag ska ta en titt i datorn till att börja med, tror nog att vi är ganska uppdaterade, mer för säkerhets skull.

Loggade snabbt in, vände datorn och lät kvinnan ta över.

– Här är en del summor som jag inte känner till herr Gasponi. Det finns extremt stora poster både in och ut, kan jag kopiera filen?

– Visst, tänker sälja av allt, därför vill jag att ni gör en analys av nettot totalt sett. Kom med förslag på försäljningsbelopp i de olika fallen.

– Finns köpare till oljekällorna?

– Det kommer att finnas köpare, en av mina kontakter jobbar på den biten för tillfället. När tror ni att analysen kan vara klar?

– Ni måste ge oss en vecka, då ska allt vara klart. Ska jag ta hänsyn till bostaden, eller enbart de större bitarna?

– Enbart de större tack, resten sköter jag själv.

– Behöver vi ta reda på vart pengarna har gått. Vem, eller vilka som tillfört kapital?

– Nej, de är redan kända. Enbart den affärsmässiga analysen med belopp tack.

– Då ses vi om en vecka herr Gasponi.

– Hemma hos mig, samma tid om möjligt?

– I våningen antar jag?

– Precis, då bjuder jag på kaffe.

– Tack Petrov.

Blev något överrumplad av att kvinnan valt att tilltala mig vid förnamn, anade också ett något blygt leende. Givetvis skulle jag svara på samma sätt.

– Tack för idag Dasha, riktigt trevligt att träffas.

– Detsamma Petrov.

Olga och jag träffades vid två tillfällen under den kommande veckan, vi kände båda att vi hade fullt upp med att gå igenom våra föräldrars affärer bland mycket annat. När vi träffades tog vi igen all den tid som gått förlorad, inte minst under de varma nätterna.

Känslorna för kvinnan förstärktes från dag till dag, hoppas att det var lika för Olga, men fortfarande hade kvinnan inte yppat något om sin något mörka sida.

Förberedde fikat till Dashas ankomst, hade ansträngt mig något genom att köpa frallor med gott pålägg. Dörrklockan talade om att hon var här.

– Olga! Nu blir jag förvånad, trodde att Dasha stod vid dörren, affärsjuristen alltså.

– Åh, var det idag? Då går jag igen.

– Nej för fan, kom in. Jag har inga hemligheter gentemot dig, kaffet räcker till dig också.

– Är det okey Petrov?

– Visst, kom in.

Kvinnan hade precis tagit av sig skorna när bjällran talade om att Dasha stod utanför dörren, öppnade och skulle precis välkomna henne.

– Herr Gasponi, köpare finns. Invänta vidare besked.

Mina tidigare vänner från FSB stod för besöket, gissa om jag på nytt blev överraskad, undrar om Olga uppfattade dialogen, förresten det var ingen dialog, mer åt informationshållet.

– Var det inte din affärsjurist som kom?

– Nej, någon sökte min granne, Dasha är säkert på ingång.

– Dasha, det lät personligt.

Anade en underton av svartsjuka, nej inte Olga, inte kan väl hon vara sotis på mig och i så fall varför?

– Olga, kvinnan är min personliga affärsjurist och inget annat.

Olga nöjde sig med svaret, nu ringer dörrens klocka för tredje gången. Måtte nästa besökare heta Dasha.

– Petrov så trevligt.

– Välkommen Dasha.

– Tack.

Undrade för mitt inre om jag träffat kvinnan tidigare, nej det var inte den Dasha som jag träffat veckan innan.

Hennes korta kjol var minst sagt begränsad i längd till skillnad mot klänningen hon bar vid vårt tidigare möte, så skulle jag vilja sammanfatta synintrycket. Den vita blusen talade med all tydlighet om vad som fanns innanför och det gick inte av för hackor.

Olga hade smugit upp bakom mig utan att jag märkt något.

– Affärsjuristen Dasha förstår jag, mitt namn är Olga.

– Trevligt Olga, Dasha.

Gillade inte riktigt vad jag såg, därutöver blev jag oerhört förvånad över Olgas tilltag, så uppfattade jag situationen. Känner att jag blir något förbannad, bestämde mig för att Olga inte skulle fika tillsammans med oss.

– Olga du kan väl servera dig en kopp kaffe och ta plats i salongen medan Dasha och jag pratar oss igenom affärerna.

– Visst Petrov, kan jag ta en fralla?

– Varsågod, det gäller dig också Dasha.

– Tack, så gott det ska bli.

Olga gick mot salongen medan vi satte oss tillrätta i matsalen.

– Vi får kombinera mat och prat Petrov?

– Så gör vi.

Dasha räckte över ett antal handlingar med utskrivna excel-filer.

– Här finns värderingar på fyra olika affärer, samtliga är oljekällor. Två i Barents hav och två i Saudiarabien.

Där kom finglasen in i bilden, gåvan var från någon oljeshejk som pappa tydligen blivit riktigt god vän med.

– Saudi var inte känt för mig.

– Barents hav kommer att generera en vinst på två miljarder, Saudi minst den femdubbla summan, då pratar vi om US-dollar.

– Chockerande siffror. Nu förstår jag varför han kallades superoligarken.

– Jag också.

– Det var plus, ett minusbelopp som inte har konterats är summan till någon som heter Mativev och ytterligare…

– Avskrivningar under posten förluster.

Svarade innan hjärnan helt hunnit uppfatta Dashas kommentar, tror ändå att svaret blev bra med tanke på att svaret kom reflexmässigt.

Fasar över tanken att Olga tagit del av samtalet, hur fan ska den biten i så fall hanteras?

– Var kommer min pappa in i bilden?

Olga hade åter smugit sig inpå utan minsta förvarning. Fann mig snabbt.

– Vad menar du Olga?

– Jag hörde att ni nämnde min fars namn, vad var det för minusbelopp som var kopplat till min far? Svara nu för helvete.

– Olga, fler familjer än din bär namnet Mativev i vårt land, affärerna som nu nämns var min pappa ansvarig för, jag vet inte vad du är ute efter.

– Tror du inte att jag vet att din pappa var ansvarig för att min far och hans arbetskamrater blev fängslade, tror du inte att jag vet allt? När jag besökte pappa i fängelset berättade han allt om din far och hans skumraskaffärer, faktiskt bad han mig om hjälp, det gjorde han.

Olga har nu gått helt i affekt, hon var inte den Olga som jag helt nyligen lärt känna, känna är inte rätta ordet för en kärleksfull vänskap som pågått under några veckor, men ändå.

Jag är kär i henne, punkt och slut. Hennes pupiller har antagit en mörk ton som jag absolut inte tycker om, svart är färgen. Och absolut inte hennes tonfall som gränsar till ren aggressivitet. Situationen känns minst sagt obehaglig.

– Vad bad han dig om Olga?

Behöll ett lågt och vänligt tonfall, valde att tilltala henne vid namn, möta henne med huvudet något på sned.

– Han bad mig faktiskt kontakta någon som heter Boris Ivanov, torpeden skulle skicka din jävla pappa till helvetet, så sa han min far. Och det gjorde Boris. Du borde ha gått samma väg din jävel, men du ska snart dit.

Innan jag överhuvudtaget hann reagera kastade hon sig efter kniven som låg kvar på diskbänkens skiva, sekunden senare satt den i min vänstra axel, något därefter mellan skulderbladen. Samtidigt som golvet mötte mig hörde jag glas krossas.

Öppnade ögonen, en välbekant känsla tog plats bakom ögonlocken, bakfyllan var minst sagt ordentlig.

Taket var otroligt ljust, även fotändans vägg, något sjukhuslikt skulle jag säga. Funderade över var kvällen hade tillbringats, trots djupgående analyser fanns inte svaret där i ögonblicket. Lät blicken söka sig något åt vänster, nattduksbordet var högre än mitt minne ville beskriva det som stod bredvid min säng vanligtvis, minnet av blommor kändes helt obekant.

Tittade åter ned mot sängens fotända där världens finaste sommaräng mötte mig, så underbart vacker sommaren kan vara när den är som vackrast. Vinden tar i över ängen och de fina blommorna vajar däruti, tyckte själv det lät poetiskt.

– Petrov, ser du mig?

Hörde hur skriet tog plats inom mig utan att nå ut, stämbanden var spända som damernas underbart fina strumpeband i dåtid, förmodligen hörde inte världen mig, men jag såg den.

Plötsligt blev den både rå och grym, den vajande blomsterängen tilltalade mig, hör själv hur jävla troligt allt låter.

– Petrov, Dasha sitter vid din sida. Hör du mig?

Dasha, i vilket land är jag, kanske Pakistan. Doften som når mig påminner om sjukhus, är jag verkligen inlagd på ett sjukhus i Pakistan?

Bakfyllan gjorde sig åter påmind, jag vill spy. Så jävla pinsamt, spy på ett sjukhus i Pakistan med en massa blommor omkring sig. Nu vill jag sova.

– Petrov Gasponi, hör ni mig? Doktor Istvan pratar med dig.

Någon söker kontakt med mig, har jag inte varit kontaktbar?

– Hej doktorn.

Kommenderade ögonlocken att öppna sig, den storblommiga ängen mötte mig på nytt. Ur blomsterhavet kliver en kvinna fram.

– Så oerhört vacker du är min älskling, varför så många blommor?

– Petrov, Dasha står vid din sida, kommer du ihåg mig?

– Dasha med alla blommorna, visst kommer jag ihåg dig.

– Så fint Petrov, doktorn vill prata med dig, men jag finns här.

– Petrov, du har blivit utsatt för flera knivhugg, närmare bestämt två. Förstår du mig?

– Jag hör dig doktorn, kommer tyvärr inte ihåg ditt namn.

– Doktor Istvan är namnet, ett av knivhuggen träffade ryggens nervcentra, därför blev vi tvungna att söva ned dig. Hur mår du nu?

– Förmodligen var jag på företagets julfest igår, någon droppade kokain i vinglaset. Oavsett detta förstår jag inte varför jag är skadad.

– Kommer du ihåg mig, mitt namn är Dasha?

– Du är den vackra kvinnan som fått hela sommarens blomsterprakt utspridd över din kropp.

Hörde hur personerna omkring mig roades en aning, skulle säga att de flesta skrattar.

– Tycker du inte om min blommiga klänning så tar jag av mig den?

– Du är fin som du är Dasha, men hur kan jag tacka nej till erbjudandet?

Doktor Istvan skrattar högt.

– Patienten mår bra, skriv ut honom under morgondagen med ordinerade mediciner och absolut inte något mer morfin. Må gott herr Gasponi.

– Tack doktorn.

Den vackra kvinnan vid sidan om sängen är affärsjuristen Dasha Volkov, vad som egentligen hände har jag inte helt klart för mig.

Däremot vet jag att smärtan i min rygg är fruktansvärd och att morfinet inte räcker till för ögonblicket, men jag hörde vad doktorn sa.

– Vill du att jag stannar?

– Vill du gifta dig med mig?

– I samma ögonblick som du slutar gå på morfin.

– Morfin?

– Petrov, nu är du riktigt hög om jag får uttrycka mig så.

– Kom in i min värld kvinna och låt oss stanna där.

– Du måste sova, jag finns vid din sida när du vaknar.

– Så fint av di…

Dasha satt på sängens vänstra sida när jag vaknade. Tankarna letade sig långsamt tillbaka till ögonblicket som skickade mig hit, hur slutade mardrömmen egentligen?

– Så förvånad jag är att du sitter kvar.

– Jag har suttit hos dig sedan vi kom till sjukhuset, bortsett från ögonblicket då jag åkte hem för att ta av mig den hemska klänningen, den blommiga du vet.

– Men du var inte blommig vid attacken mot mig, då var du riktigt, riktigt fin Dasha.

– Mina riktigt, riktigt fina kläder bar ditt blod Petrov, därför bytte jag, sedan dess har den här stolen belägrats av mig, bortsett från ytterligare ett klädbyte. Ville inte att du skulle få fler mardrömmar på grund av mig, som tur var innehöll garderoben ytterligare några plagg. Nu vet du.

– Det känns som om jag levt i en enda lång mardröm med varierande innehåll, minnet skickar mig olika typer av information.

– Allt är en mardröm, ändå inte. Olga knivhögg dig, inte en gång utan två, därefter kastade hon sig ut genom kökets fönster. Som du förstår var utgången given.

– Du säger att Olga valde att ta sitt liv.

– Ja, tyvärr.

Dagen efter lämnade både kropp och själ sjukhuset, tankarna gick tillbaka till kvinnan som sargat mig, till kvinnan som skulle bli min för evigt. Min Olga mördade mamma och pappa, försökte ta mitt liv och valde till slut att ta sitt eget genom att kasta sig ut genom ett av lägenhetens fönster. Olga var enligt läkarna troligtvis i ett psykotiskt tillstånd när hon överföll mig, utgången smärtar mig verkligen.

– Dasha, tack för att du har funnits vid min sida den här tiden, också för att du har skjutsat mig hem. Hela mitt jag står i stor skuld till dig på flera plan, hoppas du tillåter mig att betala tillbaka vid tillfälle.

– Du kommer inte att faktureras för tiden, eventuellt kan annan lösning bli aktuell, tror nog att du har förmågan att fantisera om vilken.

– Om. Tack för allt. Vi kom inte till avslut vad gäller försäljningen, eller hur?

– Tror nog att vi behöver någon timme till.

– Har du möjlighet att äta lunch med mig imorgon?

– Visst, om du orkar. Ska vi säga klockan tolv, var träffas vi?

– Jag hämtar dig utanför kontoret kvart i tolv, blir det bra?

– Passar utmärkt, tycker du att jag ska ta den storblommiga klänningen?

Våra leenden möttes.

– Du var så fin i din blomsteräng, uttryckte jag mig inte så?

– Haha.

Något efter halvtolv vinkade jag in en taxi, chauffören hade gått hårt åt vodkan innan passet, spritdoften täckte väl bilens inre. Hoppas att inte Dasha far illa av doften.

Kvinnan stod väntande vid utsatt tid, ingen blomsteräng så långt ögat nådde, väl den piffiga och korta saken hon burit den morgonen som slutade så tragiskt. Så här efteråt förstår jag Olgas, emellanåt påtvingade mörker som förmodligen hade sin grund i fadern.

— Så fin och så vacker du är Dasha.

— Tack Petrov, det är du också. Vilken gentleman du är.

— Tack.

Med stor omsorg hade jag valt Bison Steak-House, restaurangen låg centralt i stadens innersta kärna.

— Nu är jag lite spänd på vad du har valt för typ av restaurang.

— Hoppas att du gillar kött, eller?

— Jag är vegetarian, glömde att säga det.

— Fan också, hur kunde jag glömma den frågan?

— Skojar med dig Petrov, sanningen är att jag älskar kött i alla former.

— Nu var du inte snäll.

– Där fick du för min blommiga klänning.

– Får väl ta det som en återbetalning.

Väl på plats var vårt största problem att välja något från restaurangens enorma meny, Dashas blick var koncentrerad på den omfattande texten.

– Nu har jag bestämt mig, Entrecote med potatisgratäng och rödvinssås.

– Även min mage längtar efter en rejäl köttbit, att vi har så lika smak Dasha, kul. Tänker på fortsättningen som du säkert förstår.

– Fortsättningen?

– Har du verkligen glömt att jag friade till dig från sjukhussängen?

När skrattsalvan lagt sig svarade min date.

– Hur kunde jag glömma något så vackert? Jag som är så van vid att manfolket friar till mig med jämna mellanrum.

– Allt annat skulle förvåna mig, du är en fantastisk kvinna, såväl till utseende som till person.

– Tack för komplimangen, är inte riktigt van vid mentala smekningar.

– Mentala smekningar, så fint du uttrycker dig, tog för givet att det var precis tvärtom, kunde faktiskt inte se dig som singel.

– Jag är inte singel Petrov.

Tystnaden blev lika verklig som total, något rödfärgat spred sig upp över mina kinder, skojar kvinnan igen, eller?

Tittade daten rakt in i ögonen, sökte efter något litet tecken som skulle kunna avslöja hennes skämtsamma lögn.

Fann inget. Fy fan så bortgjord, hur i helvete kunde jag hamna i den här varggropen? Kände mig tvingad att ta tag i samtalet igen, vet inte riktigt om rösten kommer att bära. På kort tid hade jag åter blivit kär, nu mer äkta än någon gång tidigare.

– Hur kunde du tillbringa all tid vid min sjuksäng om du hade en väntande man i hemmet?

– Det finns ingen man.

– Du sa nyss att du inte var singel.

– Min sambo är en kvinna, jag har aldrig delat säng med en man.

– Jag skäms över min förutfattade mening, ber så mycket om ursäkt. Däremot har min tro på homo och samkönade äktenskap alltid funnits där, jag har nära vänner som lever i den typen av förhållanden och de är verkligen äkta vänner. Tyvärr lever jag inte med frågan i mitt dagliga liv.

– Be inte om ursäkt, allt är inte som det verkar vara. Du är en helt fantastisk man, för första gången i mitt liv känner jag sexuell attraktion till en man, en kraftig sådan. Min sambo och jag är i något som vi gemensamt döpt till separationsstadiet, när någon hittar nytt boende delar vi på oss.

– Vill du dela kärlek med mig när du har separerat från din flickvän?

– I praktiken finns ingen flickvän, förstår hur du tänker och det respekterar jag dig för. Svaret på din fråga är ja, min kropp kan redan känna stor längtan.

– Min kropp efter din. Du får gärna ta över den mindre lägenheten om det skulle lösa bostadsfrågan

– Du menar den du bor i nu?

– Om du vill står den till förfogande, kan snabbt flytta över till pappas.

– Så oerhört snällt av dig, hur tänker du om tidpunkten?

– Precis när du vill.

– Jag har inte så många privata saker i vårt hem, nästan allt tillhör Vanja eftersom hon ärvde lägenheten efter sin mormor. Om du visste hur tacksam jag är, ett jättestort tack.

– För all del, hoppas du ska trivas.

– Jag vet att så blir fallet. Kommer du ihåg något av min redovisning före överfallet?

– Ja, Saudi överraskade mig totalt, siffrorna var väl två plus tio miljarder om minnet är med mig?

– Bra Petrov, precis så. Det finns stora poster under avskrivningskontot vilket innebär ett högt netto.

– Vad pekar nettot på?

– Cirka åtta.

– Efter frökens arvode?

– Nej då blir summan ungefär sex miljarder, ger dig lite rabatt eftersom vi ändå ska gifta oss.

– Så härligt med personer som begåvats med humor.

– Skämt åsido, räkna med åtta i runda tal, vem är köparen?

– Tyvärr, affären är så här långt belagd med sekretess, som du vet avgör köparen när denna kan hävas. Tids nog får du information om vem, eller vilka som är aktuella. I dagsläget vet vi ungefär lika mycket, eller lite.

– Är det så Petrov?

– Precis så.

Kapitel 19

Begravning

Andra DNA-testet visade precis som det första att mina föräldrar sprängts i små, små bitar, försöker att ta till mig tanken att de för evigt är borta, lyckas inte fullt ut. Troligtvis kommer sanningen att följa mig resten av mitt liv, även om smärtan förhoppningsvis avtar i intensitet. En tidig morgon hade jag kontaktat begravningsbyrån som Olga besökt tidigare, mannen kände väl igen ärendet . Vi pratade igenom gravstenens utseende och placering, datumet för själva akten var klart i och med Olgas bokning, en vecka senare skulle föräldrarna sänkas i vigd jord.

Nu står jag här inför djupet, ett mörkt sådant som något senare har till uppgift att ta hand om mina föräldrar. Anade gravens djupaste del, paradoxalt nog var ljuset det största hindret för att kunna se gravens jordmörka botten. Tar på mig solglasögonen.

Jag, mina syskon, alla vänner som funnits över tid och omkring familjen är givetvis på plats, detta innebär att jag står här alldeles ensam tillsammans med prästen.

Släpper rosen som landar med ett mindre ljud på mammas, eller pappas kista, vet faktiskt inte vems. Tänker på mammas tårar, en enda gång hade mina ögon sett tårar rinna nedför hennes vackra kinder, glömmer aldrig hur ledsen jag blev, hur mitt bröst krampade. Även då hade hennes äktade man pucklat på den späda kvinnokroppen.

– Älskade mamma, vi som hade så fina drömmar. En sak till, om mannen vid din sida rör dig igen så hör du av dig till mig. Vila i evig frid, tack för allt.

Solen rår inte riktigt på molntäcket som för stunden har parkerat över kyrkogården, ändå bjuder den upp till dans, dödens sista dans där sommarens alla fåglar står för musiken.

De sjöng som bäst för min älskade mamma. Fläckvis erbjuder ändå himlen ett ljus som bådar gott, sommarens dagar var långt ifrån intecknade.

Taxichauffören stod lutad mot bilens främre skärm med en cigarett i sin högra hand, han tog ett bloss till innan högerfotens sko förintade resterna av en tidigare glöd.

KAPITEL 20

Personliga indrivningar

Alexanders och farfars "Skuldebok" visade att fadern lånat ut miljonbelopp i rubel till tre framstående affärsmän, eller politiker. Beloppen ska till varje pris drivas in av mig personligen, till en skuld finns per automatik personens heder direkt kopplad om nu personen begåvats med hederskänslan. Kände mig något förbannad när jag klev in i rollen som indrivare, efter att ha gått igenom datumen kunde jag konstatera att samtliga skulle ha reglerats för minst sex månader sedan. Till skulderna fanns i två av fallen personernas verksamheter satta i pant. Funderade över varför faderskapet inte gjort slag i saken och drivit in dessa själv, förlät honom när jag kom på hur mycket tid mannen lagt på oljeriggarna ute på Berings hav.

Däremot hade han varit riktigt bra på att driva in sin fars utlånade pengar, på kort tid hade han drivit in precis allt förutom en mindre summa.

Precis så hade jag tänkt göra, inte några långa frister, antingen kan personen betala, eller inte.

– Mitt namn är Gasponi och söker herr Orlov.

– Det är jag som är Orlov om ni inte söker min son vill säga.

– Är sonen skyldig min far Alexander över en miljon rubel?

– Kom in herr Gasponi, naturligtvis är det mitt namn som är kopplat till skulden, ett ögonblick ska jag hämta pengarna.

Mannen lämnade ett rejält intryck ifrån sig så här långt, inga undanflykter.

– Hoppas att ni godtar min ursäkt, de sista pengarna kom in under gårdagen, därför har jag inte hunnit kontakta någon i er familj. Mina kondoleanser till er, ni har summan som är aktuell i portföljen?

– Tack.

– Ja, exakt till och med. Samtidigt ber jag att få tacka för den hjälp er far har gett mig under det här året. Tack så mycket.

– Det känns som om ni är en person att lita på, nu ser ni att skulden kvitteras här i min bok och samtidigt ber jag att få återlämna handlingarna gällande ert företag. Varsågod herr Orlov.

– Min känsla är att vi kan lita på varandra herr Gasponi, som sagt ett stort tack och portföljen får ni gärna behålla.

Mannen avslutade vår konversation med ett skratt, tänk om de resterande personerna hade godheten att hantera sina ärenden på samma sätt. Tror inte riktigt på tanken.

Besök nummer två väntade, villan låg mitt i området för de mest välbeställda, den svartmålade grinden av järn talade sitt tydliga språk. Tryckte på knappen till vänster om den, strax hördes ett svagt surrande ljud, tittade något uppåt och till höger. Kameran vinklades mot mitt ansikte samtidigt som en manlig röst frågade om mitt ärende.

– Mitt namn är Gasponi och söker herr Nikolajev.

– Vad är ert ärende till herr Nikolajev?

– En skuldförbindelse till min far Alexander Gasponi.

– Jag har ingen skuld till någon med det namnet.

– Märkligt, jag står här med pantbrev gällande ert företag, men då lämnar jag in dem så får ärendet gå till laga kraftvunnen dom.

Ett svagt gnisslande ljud lämnade den enorma järnkonstruktionen, grinden öppnades något i ultrarapid, det fanns en trötthetskänsla över maskineriet på något vis.

– Kom in, följ vägen upp till den vänstra entrén.

Mansrösten lät något militärisk i sin framtoning, hela bostadens läge med dess inramning var något åt det militäriska hållet.

När jag kom fram till den massiva ytterdörren stod den redan på glänt, kände doften av nyrökt cigarr precis innanför tröskeln.

– Här inne.

Interiören hade säkerligen varit ståtlig någon gång för tid sedan, inte nu. Gissar att mannen behövt sälja av hemmets mest värdefulla inventarier efter hand som kontanta medel saknats. Själv sitter han för stunden i en sliten skinnfåtölj, fötterna vilar trött på något som liknar en enkel mjölkpall av trä.

– Vem är ni egentligen herr Gasponi?

– Jag är sonen till den Alexander Gasponi som ni har lånat något mindre än en miljon rubel av och jag är här för att driva in skulden med hjälp av skuldebrev, men också pantbrev gentemot ert företag.

– Det finns inget företag herr Gasponi, det var skrivet på min fru som har lämnat mig, hon tog företaget och villan med sig om jag får uttrycka mig så. Med hennes tillåtelse kan min enkla person tillåtas bo här för en kort tid framöver.

– Vad drev ni för typ av företag herr Nikolajev, eftersom hustrun kan driva rörelsen vidare?

– Jag hade själv byggt upp ett betydande bostadsinnehav med cirka hundra lägenheter vilka samtliga var uthyrda. Min tanke var att alla skulle ha rätt att bo skapligt bra till vettiga hyror, därför fanns en enorm efterfrågan till våra bostäder. Nu har hustrun med hjälp av sin tilltänkta höjt hyrorna till den grad att trettio procent av dem står tomma. Mitt hjärta har varit ledande i affärerna, framförallt när det gällt nivån på hyrorna, så är inte fallet nu.

– Tror nog att min bild är tämligen klar, tack för ni låtit mig ta del av det mörker som jag anar att ni befinner er i för ögonblicket. Får jag ställa en personlig fråga herr Nikolajev, vilken bank har ni haft era affärer i och har du några som helst dokument över fastighetsbeståndet?

– Bank Kedr, det finns inget att hämta där min herre, visst finns ett antal dokument runt fastigheterna i mitt privata fack.

– Tänkte inte riktigt så, men om ni har intresse av att lämna över handlingarna till mig så vore jag tacksam. Nu vill jag att ni lyssnar väldigt noga på mig herr Nikolajev. Under morgondagen återkopplar jag till er, samtidigt ska ni se ljuset i en förmodad mörk tunnel, gör inget dumt. Är vi överens?

– Om något ljus kan finnas så avvaktar jag ert svar herr Gasponi.

– Finns din före detta hustrus namn och personuppgifter i någon handling?

– Visst, i ett flertal runt själva bolagsbildningen, men inte i samband med några affärer.

– Kan jag få en sådan handling?

– Ett ögonblick bara.

Mannen hade samma bank som mig, förmodligen också hans före detta hustru som för tillfället bör ligga något illa till rent ekonomiskt. Mannen ska räddas till varje pris. Så fort min kropp landat i bilens förarsäte ringde mobilen upp bankens direktör herr Metov.

– Metov, vad kan jag stå till tjänst med?

– Petrov Gasponi är hos dig om en timme, boka av en stund är du snäll.

– Gasponi, visst min herre. Om en timme är ni välkommen.

Ganska precis timmen senare äntrade jag mannens kontor, hade bestämt mig för att spela mina kort högt.

– Jag har en handling här över en person
som har bedragit sin man ekonomiskt och
summorna är minst sagt respektingivande.
Mannen hade en god affärsidé medan
kvinnan håller på att sänka hela företaget.
Hon är kund i din bank Metov, jag förstår
att hustrun är konkursfärdig och förväntar
mig att du gör det du ska. Mitt bolag köper
upp fastighetsbeståndet till skuldbelagd
summa, ge mig besked inom fyra timmar
tack.

– Ni kommer att få ett besked herr Gasponi.

Bestämde mig för att ta ledigt resten av
dagen, den tredje indrivningen får vänta
något, känner att jag vill fokusera på den
uppkomna situationen fram till dess att allt
är klart där. Dasha möter mig med ett
leende i hallen.

– Redan hemma min älskade man, så kul.
Hur kommer det sig, trodde nog att du
skulle bli borta hela dagen?

Förklarade hur ärendet runt den andra
indrivningen hade utvecklat sig.

– Du slutar aldrig att förvåna och överraska, du jobbar verkligen med hjärtat. Det känns mer och mer som att din inre värme styr agerandet i mångt och mycket vilket gläder mig.

– Tack för komplimangen älskling, tror nog att du har rätt.

– Tänker du behålla fastighetsbeståndet?

– Nej, herr Nikolajev ska få möjlighet att köpa tillbaka allt när han kan, fram till dess tänkte jag att han skulle få ansvaret för själva fastighetsförvaltningen.

– Du anställer honom?

– Enbart för en kort tid, han kommer att få köpa tillbaka fastigheterna i samma takt som pengarna kommer in. Däremot efterskänker vårt bolag ett antal fastigheter så att han kommer igång igen.

– Helt otroligt, du är verkligen underbar.

– Du också min älskling.

Något senare ringer mobilen.

– Gasponi.

– Bankdirektör Metov här, jag har gått igenom kvinnans hantering av de lån som vår bank har beviljat bostadsbolaget och de har absolut inte skötts enligt uppgjord amorteringsplan, nu har precis alla betalningar ställts in. Bankens tjänstemän har kommunicerat kvinnan enligt juridiken och allt som vi har att förhålla oss till. Fru Nikolajev har precis informerats om att hon ska infinna sig på banken imorgon förmiddag klockan tio. Här kommer hon att få välja mellan att vi försätter henne i konkurs, eller försäljning av fastighetsbeståndet till en befintlig köpare vilken är ni herr Gasponi.

Min fråga är om ni kan infinna er på banken vid tidpunkten?

– Visst, min affärsjurist kommer att vara med.

– Som ni säkert förstår måste jag gå igenom allt med kvinnan först, om hon är intresserad av att sälja bjuder jag in er i rummet.

– Jag förstår, vi är på plats något efter tio.

– Tack herr Gasponi, det kan bli så att ni räddar banken från en större förlust.

– Vi hoppas att så blir fallet, tack för samtalet, ni imponerade verkligen.

– Tack min herre.

– Metov, ska vi inte bestämma här och nu att vi kastar titlarna. Hädanefter är jag Petrov om inga andra personer finns i rummet.

– Mitt namn är Sergej.

Något efter utsatt tid fattade min högra hand dörrens blankpolerade handtag, öppnade för min tilltänkta hustru och lät henne passera in i bankens inre först av oss.

En av bankens tjänstemän möter snabbt upp.

– Mitt herrskap, om ni önskar sitta ned en stund i väntan på att bankdirektör Metov blir klar så går det bra att följa mig.

– Tack.

Vi följde mannen en bit in mot bankens inre, strax nådde vi fram till ett stilrent möblerat och öppet utrymme, på håll anades Metovs namnskylt något till vänster om en magnifik dörr.

– Varsågoda och sitt ner.

– Tack för vänligheten.

Såg att Dasha nickade och log mot den ödmjuka mannen. Dörren in till Sergejs kontor öppnades långsamt, mannen pratade fortfarande med den förmodade fru Nikolajev.

Den bruna dörren stängdes åter, för att ögonblicket senare öppnas på nytt, herr Sergej Metov var högröd i ansiktet när hans blick mötte min. Han bugar inbjudande mot oss.

– Herrskapet är mycket välkomna.

– Tack herr Metov.

Längst in i rummet sitter en ytterst välklädd och parant kvinna, raka motsatsen till den man hon en gång stått vid altaret tillsammans med.

Hennes yttre hade svalt en stor del av bolagets netto över en månad, gissar att hemmets garderober rymde mycket mer av flera modedesigners yppersta kvalitéer.

Herr Metov öppnade mötet.

– Låt mig presentera herr Gasponi och hans affärsjurist fröken Volkov, mitt herrskap det här är fru Nikolajev.

– Det är ni som ska plundra mitt bolag, tro inte att jag lägger mig så lätt herr Gasponi, eller vad det nu var. Jag ska ha tvåhundra tusen rubel utöver skuldsättningen annars kommer inte affären till stånd.

Hade innan mötet sagt till Dasha att hon skulle sköta all konversation, nu kunde inte mitt inre hålla tillbaka.

– Ursäkta frun, vår närvaro ska inte tolkas som om vi är ute efter att göra någon typ av affär med er, erbjudandet och den eventuella affären är mellan er och er bank. Däremot har mitt bolag erbjudit sig att lösa in era skulder, förhindra er ifrån att försättas i konkurs, men där konsekvensen blir att vi tar över bolagets fastighetsbestånd. Vi har inget med era tidigare förehavanden att göra.

– Ni måste betala mig utöver lånen annars går jag under!

Kvinnan skriker ut orden.

– Fru Nikolajev, hur mycket tänkte ni på er man när ni lämnade honom och tog bolaget med er för att något senare plundra det som han byggt upp under många år. Hur mycket brydde ni er överhuvudtaget över att maken var timmar från döden när jag träffade honom?

– Vad då timmar från döden?

– Svara på mina frågor om ni överhuvud taget har några empatiska drag i er kropp, tror ni verkligen att jag skulle sponsra elakhet, att mitt bolag skulle betala er för att ni har varit gemen?

– Mannen som kom in i mitt liv efter maken tog över både mig och bolaget, egentligen kan jag inte skylla på honom, allt handlade om min inre girighet. Så är det nog.

– Hur vill ni att vi löser problemet fru Nikolajev?

– Det får bli som bankdirektören har föreslagit herr Gasponi, ni får ursäkta mig för mitt uppträdande.

– Då lämnar jag över det administrativa till min affärsjurist, skulle ni inte ha lyckats hitta något arbete om tre månader är ni välkommen att kontakta mig, det går säkert bra om ni lämnar ett meddelande här på banken, eller hur herr Metov?

– Visst herr Gasponi, vi ser till att ni får meddelandet.

– Menar herrn att ni rent av skulle kunna hjälpa mig, varför inte redan nu i så fall?

– Jag tycker att ni ska få känna på det helvete som ni försatte er man i, fru Nikolajev.

– Förstår.

Timmen senare var juridiken avklarad, en större summa pengar hade bytt ägare och bankdirektören Metov sken som solen. Vårt bolag hade nu också ansvaret för ett i mina ögon mindre fastighetsbestånd, herr Nikolajev ska omgående få information om att han ska driva rörelsen rent praktiskt. Samtliga inblandade tackade för affären, till och med fru Nikolajev, men Metov var lyckligast av alla.

– Banken är skyldig er ett stort tack herr Gasponi.

– Ser det som att vi har hjälpt varandra, men tack ändå.

– Då åker vi vidare Dasha, vill du följa med och träffa herr Nikolajev?

– Absolut, om du vill.

– Bra.

Mannen såg något fräschare ut nu än vid förra besöket, även bostaden hade genomgått en uppfräschning. Herr Nikolajev bjöd oss på en rundvandring i det för övrigt vackra huset.

– Det är ett vackert hus ni förfogar över.

– Om det nu hade varit mitt.

– Från och med idag är huset i er ägo igen.

– Vad menar ni?

– Mitt bolag har tagit över hela fastighetsbeståndet, därutöver villan ni just nu bor i. Med hjälp av min affärsjurist Dasha Volkov kommer huset och en del av fastigheterna att skrivas över på er under förutsättning att ni åtar er tjänsten som fastighetsförvaltare för hela beståndet, därefter kommer ni att få möjligheten att undan för undan köpa tillbaka hela fastighetsinnehavet allt eftersom hyresintäkterna kommer in på ert konto. Låter det som ett bra förslag herr Nikolajev?

– Förstår inte hur en för mig helt okänd person kan göra något liknande, allt är och kommer att förbli en gåta, men visst accepteras erbjudandet fullt ut. Min person känner inga gränser för tacksamheten gentemot er.

– Då är vi överens, mitt tilltalsnamn är Petrov, vad är ert?

– Adrik.

– Då använder vi oss av dessa fortsättningsvis.

– Tack Petrov.

Vi satte oss alla tre vid matsalens bord, Dasha valde den formella stilen när hon tilltalade mig.

– Herr Gasponi, kan ni beskriva vilken, eller vilka fastigheter som ska skrivas över till herr Nikolajev nu direkt.

– Gåvan till Adrik ska motsvara cirka tjugofem procent av hela beståndet, ni får välja fröken Volkov, men gärna där någon av fastigheterna genererar bra intäkter.

– Jag förstår herr Gasponi.

– Ursäkta Petrov, har du för avsikt att efterskänka en fjärdedel av hela beståndet?

– Precis så, annars kommer du aldrig att hinna köpa tillbaka de resterande sjuttiofem procenten.

– En högre makt har skickat dig till jordens yta Petrov och den makten består endast av godhet, precis som du gör.

– Tack Adrik.

Såg ett leende sprida sig över Dashas läppar, kvinnan njöt av ögonblicket.

– Hur kommer livet att bete sig för min före detta hustru, har du någon aning Petrov?

– Om det inte löser sig med arbete inom en tremånadersperiod så har jag gläntat på dörren, då har jag erbjudit henne att kontakta mig.

– Skönt att höra ändå, jag vill henne ändå inget illa.

– Inte jag heller Adrik, men en stunds eftertanke skadar inte.

– Bra tänkt, ska jag vara ärlig så saknas hon i min närhet emellanåt.

– Vilket är helt naturligt, ni förfogar helt över era liv givetvis.

– Tack för allt.

Dasha och jag lämnade mannen efter det att vi gjort upp en lista över de mest konkreta och akuta insatserna inom fastighetsbeståndet.

Adrik ska under morgondagen köpa in mobil och dator, tills vidare kommer han att jobba hemifrån med det rent administrativa. Därutöver fick han en bestämd summa att införskaffa en tjänstebil för.

Dasha och jag bestämde oss för att avsluta den fantastiska dagen på restaurang, vi tittade på varandra för ett ögonblick, snabbt läste vi varandras tankar, kött skulle åter ta plats på våra tallrikar. Maten serverades av en kvinna i femtioårsåldern, med van hand lät hon rätten ta plats på vårt bord.

– Skål älskade kvinna.

– Detsamma min man, tack för dagen, den har varit helt fantastisk.

– Så känner även jag. Imorgon kommer den sista av de tre gäldenärerna att besökas, du kanske rent av vill följa med mig?

– Så oerhört intressant, jag vill verkligen följa med om du frågar.

– Kul, kan vara bra att få insikt i hur den delen av världen fungerar. Informationen runt personen är näst intill obefintlig, därför kan allt, eller inget hända.

– Spännande, tack för att du frågade mig.

– Ett stort mått av välbefinnande infinner sig när du finns vid min sida.

– Oh tack.

Frukosten stod framdukad när jag mötte doften av den svarta drycken, så underbart kaffe doftar på morgonen.

– Vad vet du om mannen vi ska besöka älskling?

– Inte mer än att hans namn är Vadin Bulatov och att skulden är på drygt en halv miljon rubel.

– Vet du vad han jobbar med?

– Han är företagare inom modeindustrin, vet faktiskt inte om det handlar om produktion, design, eller både och. Känner absolut inget intresse av att ta över företaget som jag ser på det just nu. Du kanske är intresserad älskling?

– Ärligt talat så är tanken tilltalande.

– Allvarligt?

– Absolut.

Vi chansade på att mannen skulle befinna sig på företagets adress, väl där möttes vi av en entré som påminde om ingången till ett finare hotell, därutöver möttes vi av en man i uniform.

– Vem söker herrskapet?

– Vadin Bulatov.

– Vem kan jag hälsa från?

– Petrov Gasponi.

– Ett ögonblick så ringer jag på herr Bulatov.

Mannen går bort till telefonen som är placerad på något som påminner om en receptionsdisk. Ser att han talar med någon, nickar mot mannen i luren och lägger på.

– Herr Bulatov är på affärsresa, det är något osäkert när han är tillbaka.

– Då ringer du upp honom igen och låter hälsa följande, han har att välja på att möta mig här och nu, eller på mina advokaters kontor iförd handfängsel.

För ett ögonblick trodde jag att mannens ögon skulle poppa ut ur dess hålor.

– Hörde ni inte vad jag sa?

Höjde rösten ett par snäpp varvid mannen vaknar till.

– Visst herr Gasponi, ett ögonblick bara.

Mannen gör en repris på sitt första samtal. Bockar och bugar mot mannen i telefonen, lägger på och kommer fram till oss med snabba steg.

– Herr Bulatov låter hälsa att han kommer ned om ett ögonblick.

– Erkänn att hans affärsresa blev något kort.

– Ursäkta mig herrn.

Mannen i den fina uniformen försvann ut genom entréns dörr med raska steg. Jag sneglade bort emot hissarna, hörde en ganska snäll signal som talade om att en av de tre hissarna nu nått sin slutdestination. Dörrarna öppnades, en liten späd man tittar sig omkring.

– Det måste vara Bulatov, kom så går vi bort till honom.

– Känner att du vill improvisera runt mötet älskling.

– Jag tar hand om mannen, men som sagt vi improviserar.

Mannen verkar inte ha fått syn på oss, situationen verkar gå oss ur händerna då han vänder om för att på nytt möta hissens inre. Hinner precis fram, min högra sko tar plats mellan dörrarna som snabbt ångrar sig och öppnas igen. Herr Bulatov ser något skräckslagen ut, funderade över om han möjligtvis sett någon gangsterfilm där någon blivit avrättad i just en hiss.

– Jag ska betala, mörda mig inte snälla herr Gasponi!

Mannen skriker ut meningen, han tror verkligen att han ska torpederas. Bestämde mig för den lugna vägen.

– God förmiddag, visst är ni herr Bulatov?

– Mitt namn är Vadin Bulatov.

– Mitt namn är Petrov Gasponi, ni har väl en skuld till min far Alexander Gasponi stämmer det?

– Visst, min sekreterare har sökt er far utan att lyckas. Efter ett tag nådde ryktet mig om hans förmodade död, jag visste inte hur situationen skulle hanteras. TV är inte min grej om ni ursäktar, kvällarna skänker mig mina mest kreativa stunder. Jag vill verkligen göra rätt för mig, om herrskapet vill ha vänligheten att följa med upp till mitt kontor så ska den här affären snart var uppklarad.

Våningens enorma yta var helt intecknad av modedockor och kvinnor som höll på med utsmyckningar av dess yttre.

Dashas ögon glänste av avund inför de vackra kreationerna.

Längst bort anades ett kontorsliknande utrymme. Väl framme bjöds vi in till väntande fåtöljer.

– Ni får ursäkta att jag inte har presenterat min affärsjurist Dasha Volkov.

– Trevligt att träffas fröken Volkov.

– Detsamma.

– Önskar ni summan i kontanter, eller med check?

– Kontanter tack. Vad har ni för summa nedtecknad?

Mannen tog fram ett dokument där allt fanns nedtecknat.

– Då stämmer summan med den som finns i min bok.

Herr Bulatov tog ett antal buntar med sedlar av större valörer ur sitt kassaskåp.

– Varsågod och räkna min herre.

Lät fingrarna passera genom buntarna, mer för att se att de inte hade samma serienummer. Därutöver innehöll buntarna väl använda sedlar.

– Allt ser bra ut herr Bulatov, då ska jag signera skulden i min bok och detta inför er personligen.

– Jag tar gärna ett handskrivet kvitto på beloppet om ni ursäktar.

– Givetvis.

Mannen lämnade över ett tomt ark där summan kvitterades med hänvisning till min fars "skuldebok".

– Tack herr Bulatov.

– Tack själv herr Gasponi och fröken Volkov.

Vi lämnade ateljén.

– Så smidigt allt gick Petrov, känslan infann sig att herrn ville göra rätt för sig.

– Håller med dig, däremot finns otaliga berättelser om indrivningar som min far och dessförinnan, farfar gjort där mötena med de skuldsatta varit riktigt tuffa. Då menar jag verkligen brutala, inte sällan fanns vapen med i bilden.

– Hu så hemskt, skönt att mänskligheten kommit längre än så.

– Helt klart min älskade affärsjurist.

Kapitel 21

Affärsavslut

Morgonkaffet höll på att gå i fel strupe när dörrens alarm väckt mig ur tankarnas djup. Hoppades innerligt på att Dashas vackra ansikte skulle möta upp, utöver allt vackert var kvinnan begåvad med ett stort mått av humor. Hon tog allt mer plats i mitt inre. Besvikelsen över att ha blivit förd bakom allt ljus som finns börjar så smått lägga sig, min nyvunna vän har stor del i att mörkret trängs undan. Olga kom alltmer sällan upp för mitt inre.

– Herr Gasponi.

Mina vänner från FSB var åter på besök, ettan kände jag sedan tidigare, medan tvåan var en ny bekantskap.

– Kom in, får jag bjuda på kaffe?

– Tjänsten tillåter en halv kopp idag, tack.

Nu var jag riktigt pressad, fick stålsätta mig för att inte börja skratta.

– Så trevligt, ett ögonblick.

– Herr Gasponi, köpare är identifierade. Hur långt i processen har ni kommit?

– Jag har fått aktuella siffror från mina affärsjurister. Nettosiffrorna ska hamna på följande, två miljarder för Zatska två och tre, tio miljarder för Saudiarabien. Det finns ett ekonomiskt underlag här, varsågod.

– Tillåter ni mig att ringa ett samtal herr Gasponi?

– Varsågod.

Tvåan hade inte öppnat munnen sedan de kom, ansiktsuttrycket var minst sagt undvikande. Dristade mig till en fråga.

– Vi har väl inte träffats tidigare?

Väntade otåligt på ett svar, men förgäves. Ettan var tillbaka efter samtalet med någon som jag bara kan ana vem det var.

– Köparna accepterar.

Då var Köparna, alltså flera. Kan tänka mig att Saudi är oerhört intressant för den ryska staten, strategiskt viktigt. Oavsett, Putnip är inblandad på ett, eller annat sätt.

– Då träffas vi på kontoret hos mina affärsjurister, ska vi säga klockan tio?

– Tack.

Efter att ettan fått adressen till Dasha lämnade männen lägenheten, ettan hade druckit ur sitt kaffe medan tvåan lämnat sitt orört. Så förvånad jag blev. Givetvis hade tvåan sina kvalitéer, kanske inte på det sociala planet.

Mobilen ringde, hoppades på att få höra Dashas röst, men nej.

– Mitt namn är Ivan Sorokin från försäkringsbolaget SOAO, er far hade bilen försäkrad hos oss. Vi har gjort bedömningen att den var värd en och en halv miljon rubel, kan summan accepteras herr Gasponi?

– Ja.

– Ni är nöjd med summan?

– Ja.

– Tack herr Gasponi, hur för vi över summan?

– Genom att ta kontakt med min bank Kedr, vid eventuella frågor ber ni dem kontakta mig.

– Tack herr Gasponi.

– Tack själv.

Bestämde mig för att ringa Dasha direkt, kvinnan är rejält inbokad under veckorna, undrar om mitt svar till ettan kom något för snabbt.

– "Dasha Volkov, tyvärr kan jag inte ta emot samtalet, lämna vänligen ett meddelande så ringer jag upp".

Två koppar kaffe, kokt ägg och en macka med ost senare ringde mobilen. Dasha signalerade för inkommande samtal, inte utan att värmen spred sig i mitt bröst.

– Petrov Gasponi, tyvärr kan jag inte ta emot samtalet, lämna vänligen ett meddelande så ringer jag upp.

– Ni är helt underbart tokig herr Gasponi, vill ni gifta er med mig?

– I samma ögonblick som du slutar gå på morfin.

Nu skrattar kvinnan igen.

– Jag har väl aldrig gått på morfin din tok.

– Synd, här har du missat något, skämtar bara, i smärtans ögonblick gjorde knarket gott.

– Förstår, däremot hade inte hjärnan kontakt med munnen, bara så du vet.

– Hoppas verkligen att du är ledig måndag förmiddag, eventuellt också något efter lunch. Fick precis besök av två herrar som vill komma till avslut runt oljeaffären redan på måndag, kan du möjligtvis klockan tio på förmiddagen. Säg att du kan.

– Måndagen är helt inbokad Petrov.

– Fan också!

– Skämtar med dig, har tagit semester måndag och tisdag.

– Semester, du skulle möjligtvis inte kunna tänka dig att ställa upp och jobba?

– Nu var du rolig, visst ställer jag upp för dig vännen.

– Du skrämde mig verkligen, ska jag vara hos dig något före tio då?

– Jag ska vara klar vid utsatt tid.

– Tack Dasha, kan vi inte träffas idag, imorgon och på söndag. Då menar jag utanför jobbet? Du skulle göra mig väldigt glad om svaret blir ja.

– Inte affärsmöten?

– Skulle nog kalla dem för kärleksaffärsmöten, är du bekant med ordet?

– Gissar att du har kommit på sammansättningen själv, tycker om ordet, rent av älskar det, precis som jag älskar personen där bakom.

– Har du verkligen konverterat i kärlek, fullt ut alltså?

– Ja. Vi kan kanske prata vidare under temat när vi träffas någon av dagarna du har föreslagit.

– Jag menade inte någon av dagarna, utan samtliga. Har du lust att träffa mig ikväll till att börja med, rent av gå ut på någon mysig restaurang?

– Nu blev jag riktigt glad, tack för att du frågar Petrov.

– Du innerligt varma kvinna hämtas av min chaufför klockan åtta, troligtvis finns jag redan i bilen.

– Tok, magmusklerna börjar ge sig till känna efter alla skratt. Då tar jag den storblommiga.

– Allvarligt talat skulle jag uppskatta vintage-stuket ikväll.

– Du skojar inte?

– Nej, på fullt allvar.

– Okey, skyll dig själv goding.

– Det gör jag älskade sommaräng, Puss på dig.

– Puss.

Pappas garderober öppnades en efter en, ju längre in desto längre tillbaka i tiden kom jag. Där inne i mörkret hängde en kritstrecksrandig kostym, ränderna i sig var ganska breda, tankarna gick mer till mina far- och morföräldrars liv än till min fars. Gissar att pappa av någon anledning valt att spara en av sin fars kostymer, på hyllan ovanför låg en hatt av äldre stuk. Nu fattas enbart skorna.

Letade längs de lägre hyllorna, lackskor med storlek fyrtiotre stod längst in.

Kan det vara farfars kompletta bröllopskostym? Någon gång kanske fotot från farföräldrarnas bröllop kommer fram, men ikväll ska en underbar kvinna överraskas fullt ut.

Den första taxin som jag fick syn på saktade in en aning, tittade mot mig och gav därefter gaspedalen kommandot om att snabbt förflytta bilen framåt, såg att mannen tittade åt mitt håll med en bestämd och frågande blick. Nästa taxi stannade på ett sätt som jag är van vid.

— Välkommen, ser att min herre ska på maskerad ikväll, min pappa hade en sådan kostym en gång i tiden. Glömmer den aldrig, när far bar den visste vi barn att livremmen skulle lämna sina höljor senare under kvällen, på morgonen bar min och mina syskons kroppar lika många ränder som kostymen. Må han brinna den eviga elden gubbjäveln.

— Din berättelse var inte trevlig, beklagar. Hoppas att du har ett bra liv idag.

– Ja min herre, med livet som barn i jämförelse. Mina barn är älskade och befriade från aga vilket är den största skillnaden också den största gåvan från en generation till en annan och den absolut viktigaste.

Kunde med svårighet hålla tårarna tillbaka.

– Bor du i de centrala delarna av staden?

– Nej, nej. Hur skulle jag ha råd med en bostad där? Frugan drabbades av en stroke för något år sedan, det har resulterat i dubbelarbete för mig om uttrycket tillåts. Vi bor i ett av förstadens yttre områden.

– Hur många barn har du och din fru?

– Två, en pojke och en flicka. Fem och åtta år, fyra personer på en yta av femtio kvadrat. Vi har det bra, några kvadrat till hade inte skadat.

– Vad skulle du göra med en miljon rubel?

– Låta bli att tänka på den, nej det vore tråkigt. Jag skulle köpa en mindre fastighet där vi skulle bo, också hyra ut några lägenheter till någon som mig.

– Vad menar du med, ”till någon som mig”?

– Ja, som sliter för sin överlevnad utan att göra väsen av sig, accepterar livets roll på något vis.

– Livets roll.

– Om ett barn föds i fattigdom har nog den lilla individen något svårare att ta sig ur positionen om uttrycket tillåts och om möjligt klättra på samhällsstegen. Mina tankar under arbetspassen har oftast handlat om hur jag som fattigbarn ska komma därifrån, hitta vägen ut.

– Vilken är din väg ut?

– Det jag sa något tidigare, en fastighet med ett mindre antal lägenheter i.

– Har du kunnat spara undan något för att förverkliga din dröm?

– Jag har sparat all dricks under tio år, det har blivit en slant, men en hel del återstår.

Såg blomsterängen på håll, så vacker du är min kvinna.

– Önskar min herre ytterligare skjuts under kvällen så kan ni få mitt kort här.

– Tack, då ringer jag.

Tog fram en sedel av betydande valör, sträckte mig något framåt och gav den till mannen.

– Min herre, jag kan faktiskt inte växla.

– Jämnt så.

– Min herre summan är alldeles för stor, jag tjänar mindre på en månad, inte kan jag ta emot sedeln.

– Den är din, har ni hittat ert drömhus än?

– Faktiskt, fastigheten innehåller tio lägenheter och ligger nära Moskvaflodens strand, det går att se floden från alla våningarna.

– Varför har ingen köpt fastigheten tror du?

– Den är i gott skick, alldeles för dyr för de flesta min herre.

– Boka en visning i slutet av nästa vecka, därefter ringer du mig på numret som du strax får upp i din mobil.

– Ska herrn och jag titta på fastigheten?

– Om ni vill och är intresserad?

– Pengarna herrn?

– Det tar jag hand om. Tack för nu.

– Ett riktigt stort tack min herre.

– Petrov var namnet.

– Alek, Alek Golovin.

Knappade in Aleks mobilnummer och ringde upp, såg att han lyfte mobilen.

– Petrov, hej då tills vidare.

– Tack.

Gick sakta bort mot den väntande blomsterängen, kvinnan log mot mig långt innan jag var framme.

– Men Petrov, nu överraskar du mig verkligen, så fin du är.

– Den repliken är för ögonblicket upptagen. Så gränslöst vacker du är min kvinna, kände att jag ville möta upp till din fantastiska vintage-kollektion.

– Det gjorde du verkligen bra, var har du fått den fina kostymen ifrån?

– Tror att min farfar bar den vid bröllopet med farmor, men vet inte om det förhåller sig så.

– Hatt och lackskor också, nu imponerar du verkligen på mig min man.

– Tack. Tänkte först att vi skulle fortsätta med taxin, ångrade mig på vägen hit. Vi tar en promenad ut i storstadens vimmel.

– Riktigt bra förslag.

– Undrar om du vill välja restaurang ikväll?

– Gärna, då blir det ett spontanbeslut när vi står utanför rastaurangen.

– Härligt Dasha.

Något senare var vi framme vid stadens restaurangstråk, matställena låg på rad där var och en erbjöd just sin specialitet. Kvinnan fastnade för fisk, vi gick in. Såg att den kvinnliga hovmästaren synade vår klädsel från topp till tå.

– Välkomna mitt herrskap, ursäkta mig. Jag måste bara få uttrycka min beundran för er klädsel. Så fina ni är.

Turades om att tacka för komplimangen, bad därefter om ett bord med något avskilt läge.

– Det ska jag ordna.

En bit in på den fantastiska middagen berättade Dasha om sitt liv tillsammans med andra kvinnor, om en sexuell vilsenhet som vuxit sig allt starkare och som till slut resulterat i ett beslut att konvertera. Funderade över min delaktighet i beslutet.

– Min flickvän har redan funnit en ny partner vilket känns bra naturligtvis, eftersom beslutet om separation var mitt. Jag var den äldre i förhållandet, betydligt äldre till och med, inte för att hon någonsin gett sken av att detta haft någon betydelse. Det har ändå funnits en känsla av belastning hos mig, nu är jag i ett liknande förhållande, gissar att jag är minst tio år äldre än dig Petrov. Inte för att du har skickat någon som helst signal om åldersskillnaden, men den finns där trots allt. Har du aldrig funderat över det och vad det kan innebära i förlängningen älskade man?

– Nej.

– Du kan väl inte bara svara nej, älskling.

– Nu blir jag minst sagt chockerad älskade Dasha, inte för en sekund har tanken om din ålder farit runt i mitt huvud. Däremot har jag reflekterat över din absoluta skönhet och klokhet. Hur underbart sexig och attraktiv du är som kvinna. Så har jag tänkt vid många tillfällen.

– Känslorna finns som en belastning hos mig, det är bara att beklaga. De finns med som ett utvecklingsområde av min personlighet.

– Därutöver existerar inget, jag lovar.

– Tack Petrov, kanske behöver jag bli påmind om detta någon gång emellanåt.

– I så fall kommer jag att ta ansvar för den biten. Har du någon dröm, rent av drömmar?

– Du är min dröm Petrov, vet inte riktigt om jag har någon materialistisk sådan, frågan kom lite oväntat. Får nog suga på den karamellen.

– Har lust att börja jobba med mig?

– Så spännande, hur tänker du?

— Som du förstår måste kapitalet som kommer till mitt förfogande göra någon nytta, jag vill dela in verksamheten i flera områden. Det kan handla om fastigheter, välgörenhet och en del annat intressant som får komma efter hand. Jag behöver dig vid min sida och eventuellt även i någon annan position om uttrycket tillåts.

— Och jag dig din tok, du är bara för underbar.

— Den känslan delar vi på.

— Naturligtvis vill jag.

— Ingen betänketid?

— Absolut inte.

— Tack för ditt svar min kvinna, hur gammal är du egentligen?

Nu bröt min stora kärlek ihop fullständigt, tårarna rann, därutöver mascaran.

— Trettiotvå och du min man?

— Tjugoett. När kan du börja?

— Kan inte lämna firman förrän pågående uppdrag är avslutade, om en månad på ett ungefär.

– Så oerhört bra.

– Säkert?

– Helt klart.

Den andra vitvinsbuteljen var nästan tömd, delade på sista skvätten, skålade och gjorde rätt för oss. Ett samtal till Alek gjorde att vi var på väg hem till min familjs tidigare våning.

– Min herre, jag fick en visning redan på tisdag kommande vecka, klockan ett var vi välkomna, passar det?

– Petrov var namnet, eller hur Alek?

– Så var det, tack.

– Jag ska notera datumet i min kalender, så spännande.

– Minst sagt Petrov, ursäkta oss fröken för att vi pratar förbi er.

– För all del.

– Förklarar strax vad vårt samtal gäller Dasha.

Det gjord jag gjorde på vägen upp till våningen.

– Du är otrolig Petrov, din personlighet är så extremt ovanlig, hoppas bara att du inser det själv. Vilket varmt hjärta du har, nu förstår jag bättre dina tankar om välgörenhet, jag är så stolt över dig älskade man.

– Jag över dig för att du delar mina tankar.

Den tvådelade magnifika dörren öppnades, vi gick tillsammans in genom dess öppning. Jag bara älskade hantverket och färgsättningen runt den gamla dörren.

– Du får ursäkta mig Petrov, nu är jag nervös.

– För att jag kan bli din första man i kärleksakten, är det så du tänker?

– Exakt så.

– Tänk på att du är min första kvinna så vitt jag vet i vart fall, som levt hela sitt liv med kärlek till andra kvinnor. Jag känner också någon form av press på mig. Kan vi inte helt kravlöst lägga oss i sängen för att se vad som händer, utan några direkta förväntningar om vad som ska hända.

– Nu känns allt lugnare, så gör vi.

Stunden senare delade vi min nybäddade säng, Dasha lämnade alla sina kläder på puffen vid sängens fotände. En naken kvinna som levt sitt tidigare liv tillsammans med andra kvinnor låg nu vid min sida.

– Krama mig Petrov.

– Gärna.

Snuddade vid kvinnans bröst som svarade direkt, den lilla beröringen var bara början på vår heta och mycket långa kärleksnatt.

– Hur mycket är klockan älskade man?

– Fyra, snart är solen på väg upp. Jag vill tacka dig min kvinna för den mest underbara natten i mitt liv, tack.

Vart timmarna tagit vägen är en gåta, tiden hade fyllts med kärlek och ännu mer kärlek, däremellan samtal av olika slag och djup.

– Den repliken är upptagen för tillfället. Nu vet jag att mitt beslut var riktigt, tack för att du ville visa mig vägen älskling.

– Tack för att jag fick.

Måndagen infann sig, vi hade inte varit ifrån varandra på hela helgen, tvärtom mer varit klistrade vid varandras sida, eller så. Dasha hade redan stuckit till kontoret för att förbereda dagens möte, den gigantiska oljeaffären där miljarder skulle byta ägare. Nya oligarker skulle visa upp sig denna förmiddag, fy fan. Med stor glädje ska alla minnen från superoligarkens imperium förpassas till dåtidens minnesbox, livet ligger något framför mig nu, allt känns väldigt bra.

Dasha mötte upp exakt klockan tio, fyra kostymklädda män hade suttit en bit från mig för en kort stund, de hade valt att inte söka ögonkontakt vid tillfällena jag sökt deras. Samtliga hade dokumentportföljer av exklusiv kvalité, de öppnades och stängdes med jämna mellanrum, handlingar diskuterades och analyserades. Mobilerna användes kontinuerligt.

– Välkomna mina herrar, följ med mig tack.

Kunde inte släppa blicken från kvinnans bakre del, hon erbjöd verkligen manligheten något alldeles extra.

Tänk om männen kunde ta del av mina tankar, skrattade till när helgens bedrifter kom upp för mitt inre.

Några av de gravallvarliga affärsmännen vände sig om, var tvungen att titta ut genom ett av kontorets stora fönster för att inte avslöja mig. Strax kommer vi fram till sammanträdesrummets dörr, den var stängd, Dasha kodade snabbt in sin behörighetskod och öppnade densamma. Noterade den gula skylten av mässing till vänster om dörren som berättade att rummet bar namnet "Moskva".

– Välkomna, mitt namn är Dasha Volkov och är herr Petrov Gasponis affärsjurist, en av dem ska tilläggas. Föreslår att vi gör en kort presentationsrunda.

Jävlar vilken kvinna, hon kan verkligen leda ett affärsmöte. Hon var en av mina affärsjurister, leendet fick krampaktigt hållas tillbaka.

Männen presenterade sig och talade samtidigt om vem, eller vilka de företrädde.

– Jag går direkt in på vad som ska behandlas under vårt möte. Köpare ska informera om namn, organisationsuppgifter, styrelse och säte för verksamheten. Kontaktuppgifter för affärsjuridisk person, eller personer. Avslutningsvis ska tjugo procent av köpeskillingen erläggas vid sittande bord vilket är ett krav från säljaren Petrov Gasponi då det ifrån säkra källor finns ytterligare intressenter av oljekällorna.

Såg att männen skruvade på sig, den ena efter den andre lutar sig ömsom till mannen på högra sidan, för att stunden senare vända sig åt mannen till vänster.

– Jag förutsätter att summan inte blir något problem med tanke på den totala köpesummans storlek.

– Ursäkta oss fröken och givetvis herr Gasponi, allt handlar om ett mindre missförstånd. Vi var inställda på tio procent för dagen, givetvis löser vi detta under mötet. Låt mig gå undan någon minut.

— Jag förutsätter att summan inte är något problem. Om ni tillåter läser jag vidare herrn. För säljarens del återstår enbart bankens namn och kontaktperson samt erforderliga kontouppgifter. Om en vecka från idag slutförs affären här på plats, kan inte köparen få fram det kapital som slutför affären annulleras dagens kontrakt medan erlagd handpenning tillfaller säljaren. Frågor på det?

— Inga frågor från säljaren.

Tystnaden sprider sig alltmedan männens händer febrilt letar efter något att jobba med. En av musslorna tog till orda.

— Ursäkta oss, vi inväntar herr Typov.

Kände att läget infann sig, nu måste jag stötta upp min kvinna.

— Mina herrar, ni menar väl inte på fullt allvar att affären för dagen saknar full finansiering? Nu kräver jag ert svar.

– Herr Gasponi, ni kan vara helt säker på att affären har full finansiering, i ögonblicket handlar allt om kapitalförflyttning mellan konton och den ska strax vara klar. Jag ber er vänligen om något mer tid.

Herr Typov kommer åter in i rummet.

– Då var allt klart mina herrar, kan jag bara få uppgifter om bank och konto så ska allt ordnas direkt.

Lämnade över ett dokument med mina uppgifter, samtidigt sköt Dasha över en handling som skulle undertecknas. Ett kvitto på att männen betalat två miljarder fyrahundratusen dollar i handpenning.

– Jag ringer er bank herr Gasponi så att vi får överföringen bekräftad.

Ögonblicket senare nickade Dasha mot mig.

– Överföringen är bekräftad herr Gasponi, vänligen underteckna kvittot för emottagen betalning.

Fattade pennan, lät den snabbt löpa över handlingen. Om någon vecka skulle jag ta plats bland de fem rikaste familjerna i landet.

Sköt snabbt över handlingen till mannen som hade platsen mitt emot mig. Dasha tog ordet.

– Då träffas vi om en vecka mina herrar, samma tid och samma plats. Välkomna då.

Herr Titov yttrade sig medan övriga valde tystnaden.

– Fröken Volkov, herr Gasponi. Vi tackar för affären och dagens möte.

Stunden senare hade vi gjort ett traditionellt handslag över affären.

Veckan senare hade hela summan för imperiet hamnat på mina konton, fastigheten som Alek tipsat om var vår. Dasha och jag hade översta våningen till vårt förfogande, tidigare ägare hade bott där. Våningen erbjöd generösa ytor även för firmans behov.

På bottenvåningen bodde Alek med sin familj, han har slutat att köra taxi eftersom fastighetsskötarsysslan tar all tid, därutöver servar han Dasha och mig som privatchaufför.

Att få ta del av familjens glädje över sitt nya liv var värt precis allt jag äger, familjen blev snart våra närmaste och varmaste vänner. Någon däruppe styr och ställer, det är min absoluta tro.

– Älskling, tror du att företaget har medel så att vi kan ta hand om husets kostym?

– Husets kostym?

– Fasad och tak älskling.

– Jag finns bredvid som smakråd, vore tacksam om du ville sköta om anbudsförfarandet.

– Åh så kul, tack.

Kapitel 22

Skulden till Putnip

Satte på nytt upp den gröna lappen, inte på den tidigare dörren utan på den nya, denna skulle med all säkerhet bli den sista. Ville ha kontakt med presidentskapet gällande återbetalningen av lånet till min far. Dagen efter fick jag besök av mina vänner från FSB, talade om för dem att jag ville betala tillbaka faderns skuld till staten. Valde med största omsorg att använda staten som betalningsmottagare, var också tydlig med att jag behövde eventuellt konto för transaktionen.

– Vi återkommer herr Gasponi.

Redan kommande morgon stod männen på nytt utanför vår dörr.

– Tillåter tjänsten att ni dricker en kopp kaffe?

– En halv kopp kan tillåtas.

Under tiden förklarade mannen som kunde konversera att någon utbetalning aldrig hade skett från statens sida på grund av den tragiska olyckan där samtliga mottagare av ekonomiska medel omkommit.

Presidenten meddelar därför att det inte finns någon skuld från dödsboet efter Alexander Gasponi.

– Finns möjlighet att skänka någon summa till presidentens kommande valfond?

– Vi måste be att få återkomma i frågan herr Gasponi.

– Förstår.

Dagen efter stod männen på nytt utanför dörren och tiggde kaffe.

– Kom in mina vänner.

– Jo herr Gasponi möjligheten fanns, men inte vägen över konton, gåvan måste i så fall hanteras i kontanter.

– Då får ni tala om för mig hur jag ska hantera denna summa i kontanter mina herrar.

– Vi ber att få återkomma.

Sista gången jag såg männen var när de lämnat information om hur allt skulle gå till väga, tyckte faktiskt att Putnip skulle ha sina mutpengar eftersom våra mellanhavanden absolut inte fick störas. Mannen hade trots allt varit ytterst behjälplig vid försäljningen av oljekällorna. Med andra ord, han fick sin miljard.

Kapitel 23

Bankmannen Risov

Dasha besökte vår bank för att upprätta ett antal nya konton, varje inriktning skulle givetvis ha sitt konto med ett givet kontonummer. Allt handlade om bokföringstekniska detaljer. Min kvinna kom hem med gråten i halsen, märkte direkt att hon blivit utsatt för något.

– Vad har hänt?

– Ursäkta mig Petrov, den förbannade gubben på banken sa att du hade överskridit ditt konto och var skyldig banken ett hundra tusen rubel. Jag visste inte vad jag skulle tro, han har väl fel älskade man, säg att alltsammans är ett missförstånd?

– Vad i glödhetaste helvete säger du Dasha? Vi tillhör gruppen av de fem rikaste familjerna i landet. Vem i helvete pratade du med, kommer du ihåg namnet?

– Risov hette han, jag fattar ingenting.

– Inte jag heller. En sak är säker, frågan ska redas ut nu och då menar jag nu.

Springer in till kontoret, fattar mobilen som för ögonblicket fick utstå oförtjänt brutalitet.

– Mitt namn är Gasponi och söker bankdirektören Metov, är han upptagen? Då går ni in till honom, meddelar att jag har sökt honom och att han ska ringa upp mig nu. Då menar jag inte om en minut, utan nu. Är allt klart?

Mannen i andra änden svarade ja på ställd fråga, vet absolut inte vem han var. Hade precis knäppt av samtalet när mobilen markerade för nytt inkommande samtal.

– Gasponi.

– Ursäkta min herre, det är bankdirektör Metov, ni hade sökt mig.

– Om trettio minuter kommer jag och kvinnan i mitt liv in till er bank, vi ska träffa er tillsammans med en man som heter Risov, uppfattat?

– Herr Risov, då är…

Knäppte av samtalet hur ouppfostrat det än må vara. Tjugo minuter senare passerade vi bankens säkerhetsvakter, också alla de som väntade på sin tur.

– Välkommen herr Gasponi och fröken Volkov. Vad har hänt, jag måste få veta?

Något senare hade bankdirektören fått sanningen presenterad av kvinnan vid min sida. Herr Risov hade snabbt kallats in till rummet.

– Jag är en högutbildad affärsjurist och har aldrig under mina år varit med om något liknande, hur kunde ni stå och skämma ut mig inför alla de kunder som var i lokalen vid tillfället?

Herr Risov satt med lågt huvud.

– Svara herrskapet Risov, är det okänt för er att paret är god för elva miljarder i amerikanska dollar?

– Det måste ha blivit något fel, kan inte förklara varifrån siffrorna kom.

– Vill ni att mannen skiljs från tjänsten herr Gasponi?

– Vad säger du Dasha, du är personen som blev kränkt, beslutet är ditt?

– Nej, nej. Absolut inte. Bjud herr Risov med hustru på en fin middag ikväll, låt herrn välja en riktigt fin restaurang så kommer han och hustrun aldrig att glömma oss.

– Ditt hjärta är betydligt större än mitt.

Herr Risov tog äntligen till orda.

– Kan herrskapet tänka sig att ta mig till nåder, mitt agerande var ansvarslöst ur alla perspektiv. Jag ber verkligen om ursäkt för mitt agerande, förlåt mig fröken och förlåt mig herr Gasponi.

Dasha föregick mig något.

– Vill ni bli vår personliga bankman herr Risov?

Upplevelsen av att tystnaden belägrat bankchefens kontor tog över samtligas tankar.

– Inget skulle göra mig lyckligare i dagsläget, absolut inget, förlåt mig.

– Herr Risov, från och med nu är ni vår privata bankkontakt.

– Det var stort fröken Volkov, mycket stort. Allt kommer att vara till er absoluta belåtenhet.

– Tack herr Metov. Inom kort kommer ytterligare ett antal miljoner in på våra konton då två våningar ska säljas i Moskavas mest centrala delar, jag förväntar mig att allt kommer att skötas på ett ytterst professionellt sätt.

– Jag är er garant. Tack för att ni valt vår bank, ett stort tack.

– Petrov, glöm inte att ge herr Risov medel till kvällens middag, finns det en fru Risov?

– Ja fröken och hon kommer att bli överväldigad över er enorma generositet.

– Då önskar jag och Petrov Gasponi er en riktigt trevlig kväll.

– Tack fröken.

Dasha kom fram till mig, höll upp handen och väntade in mitt drag, placerade en stor sedel i hennes vackra hand, den fantastiska kvinnan vänder sig om. Ögonblicket senare hade sedeln bytt hand och vi gick ut mot vår Mercedes av äldre modell.

– Du är fantastisk Dasha, om du kunde känna hur stolt jag är över dig min älskade kvinna.

– Jag över dig min man, vi har fina värdegrunder både du och jag, därför kommer herr Risov att leva även imorgon, gå till jobbet även imorgon med stärkta kort. Tack för att du stöttade mig Petrov.

– Det är jag som ska tacka.

Kapitel 24
Lilla vän

Dasha hade jobbat oerhört hårt i vår nya verksamhet, kommit med förslag om hur vi skulle kunna vara med att göra vår fantastiska värld ännu bättre. Vår fastighet hade fått nya kläder som hon valt att uttrycka renoveringen samtidigt som Alek slitit hårt med husets underkläder, den inre miljön. Han har verkligen tillfört verksamheten en ny dimension. Dasha har också varit ansvarig för avyttrandet av mina lägenheter, så imponerad jag är över denna kvinna.

Äntligen fredag eftermiddag, vi har båda jobbat hårt med firmans strukturer under veckan, jag har verkligen sett fram emot att få koppla av, rent av att få släppa loss ikväll. Min kvinna kommer till mig när jag skriver ut den sista Excel-filen för dagen.

– Älskling, får jag det stora nöjet att bjuda ut dig på restaurang ikväll?

– Jag kom precis in till dig för att fråga om jag får äga dig ikväll, då menar jag hela kvällen och någon restaurang blir det inte. Något senare önskar jag ett djupare samtal med herr Petrov Gasponi om det tillåts, vad säger min herre?

– Då fogar sig herrn efter kvinnans önskemål, jag är till alltet din, för denna kväll ska tilläggas.

– Så snällt av dig älskade man. Ett ögonblick bara.

Dasha försvann snabbt ut från kontoret, funderade helt klart över vad som egentligen var på gång, något är det.

Strax är hon tillbaka med en fin silverpläterad serveringsbricka, två glas varav ett innehöll en välbekant och svagt brunfärgad dryck med en isbit i, glaset bredvid var fyllt med något som mer påminde om juice av något slag.

– Jag vill att vi skålar för vår fina arbetsvecka, speciellt vill jag tacka för att du har gett mig förtroendet att genomföra större projekt.

– Och de har du genomfört på ett väldigt bra sätt, varför juice älskling, är du inte vinsugen?

– Inte för stunden, nu skålar vi älskling.

Så gjorde vi, Dasha lagade en riktigt god pastarätt som serverades till ett gott vitt vin, till mig ska tilläggas. För egen del envisades hon med juice.

– Det är något som jag vill dela med dig. Ber om din uppriktighet, inget annat.

Livet med en man blev inte som hon hoppats på, Dasha längtar tillbaka till en kvinna, naturligtvis och nu vill hon att vi även fortsättningsvis ska vara vänner med tanke på allt vi delat. Börjar bli något trött, känner en mental trötthet som ger mig en känsla av pyspunka. Energin lämnar mig snabbt både mentalt och kroppsligt.

– Nu blev jag trött älskade vän, anar vad du ska leverera.

– Tror inte så älskling, inom mig finns ett litet barn, jag är gravid.

– Men det är inte mitt barn Dasha.

– Nej, det är inte ditt barn.

– Jag var ändå din första man, sa du inte så?

– Så är det Petrov, innan min flickvän och jag separerade skulle vi försöka lappa ihop förhållandet genom att bli föräldrar och därmed en hel familj. Konstgjord befruktning blev lösningen på vår egna och problematiska situation, så blev det inte som du vet. Trodde inte att jag blivit befruktad, inga tecken pekade på att jag skulle vara gravid, mensen fortsatte. Nu sitter jag här gravid med en pappa som inte är pappa, med en man som jag älskar över allt annat, nu känns livet mer vilset än någonsin. Förlåt mig för den uppkomna situationen älskade Petrov, jag visste int...

– Be inte om ursäkt, be inte om ursäkt för något som är av ren och skär kärlek, mänsklighetens hopp står till kärleken. Egentligen har jag bara en fråga till dig älskade kvinna, nej två. Vill du att ditt barn också ska bli mitt, att barnet växer upp med mig som pappa?

Dasha kastar sig runt min hals, tårarna lämnar ärliga avtryck på min skjorta.

– Vill du verkligen det älskade man, är allt sant?

– Så klart att jag vill, nu blir vi en hel familj. Herre min gud så roligt och så otroligt samtidigt, jag ska bli pappa. Visst fan, ytterligare en fråga.

– Du måste känna dig helt trygg i den nya situationen, fråga på bara.

– Skulle du kunna tänka dig att bli min hustru, dela efternamnet Gasponi med mig, det var min andra fråga?

Kände mig lite orolig över att kvinnan behövde betänketid, ganska lång till och med.

– Tillfället kanske inte var det lämpligaste, vi kan vänta om du vill.

– Vänta. Min stumhet beror helt på att jag är överrumplad, vilket du givetvis också blev. Naturligtvis blir mitt svar ja, hur kan du tro något annat. Min man, hur kan du hantera så stora frågor, så snabbt?

– Det beror inte på mig älskling, utan på dig. Skål min tilltänkta, skål lilla vän och välkommen till världen när du nu väljer att komma.

– Skål älskade Petrov, om du bara visste hur mycket jag älskar dig.

– Jag vet Dasha, detsamma till er mina älsklingar.

Mina tidigare böcker:

Svek lust och längtan

Boken om Fem-Ord

Revansch i tjärlek

Mitt namn är Bess

Klara och Merit

Klara och Merit i Stockholm

Klara och Merit "Avslöjandet"

Berättelsen om Konrad och Maja

**Min morfar Claés Hammargren
"Amerikaresan"**

Tack älskade läsare för att du visar intresse för mina böcker, ni betyder verkligen mycket för mig.

Om du vill hålla dig uppdaterad över vad som är på gång, är du mycket välkommen till min hemsida:

www.runehammargren.jimdo.com

Ett jättestort **TACK** till **Anna Karlsson** och **Ann-Christin Hammargren** för genomläsning, tankar och kommentarer.

Min kommande bok handlar om, fyrvaktare Jon Havland, handlingen utspelas på ön Ådan i havsbandet någonstans längs vår ostkust. Någon strandar där, hon kommer från annat land, ändå inte.